SECONDHAND TOYFRIEND

DARKVIKTORY & KOSTAS KIND

FISCHER

© darkviktory

Marik ›Mik‹ Roeder aka *darkviktory* ist ein Dramaturg, Drehbuchautor und Videoproduzent, der 2014 mit der preisgekrönten Zeichentrickserie »TubeClash« durchstartete. Er liebt es, Geschichten zu erzählen und landete schon 2019 mit seinem Jugendbuchdebüt »One Exit« auf Platz 9 der SPIEGEL-Bestsellerliste.

© Nico Abrell

Kostas Weiß aka *Kostas Kind* ist gelernter Physiotherapeut und war mit seinem YouTube-Kanal »Kostas Kind« von 2016–2019 Teil von »funk«, dem Netzwerk von ARD und ZDF. Als Content Creator lädt er unterhaltsame Videos über das Schwulsein und seine Beziehung mit Mik hoch und beschäftigt sich viel mit gesellschaftlichen und emotionalen Themen.

SECONDHAND TOYFRIEND

DARKVIKTORY & KOSTAS KIND

FISCHER

MIX
Papier | Fördert gute Waldnutzung
FSC® C084279

Erschienen bei FISCHER New Media

Umschlaggestaltung: darkviktory
unter Mitarbeit von Dahlhaus & Blommel Media Design, Vreden
Umschlagillustration: darkviktory
Illustrationen: darkviktory
Satz: Christina Hucke
Druck und Bindung: Print Consult GmbH, München
Printed in Slovakia
ISBN 978-3-7335-5038-7

Für meine Mutter und meine Großeltern:
Danke, dass ich durch eure Liebe, Akzeptanz
und Unterstützung zu dem werden konnte,
der ich heute bin

Für Ivy:
Danke, dass du jeden Tag schöner machst

Für Mara und Heide:
Danke für eure Zeit, euer Feedback
und den festen Glauben an uns

Für alle queeren Kids da draußen,
die sich in Damian und Emil wiedererkennen:
Don’t let the system get you down!

~Kostas

Prolog

»Okay, ich glaub, ich hab's!« Ich grinse breit, während er stirnrunzelnd das Angebot auf meinem MacBook überfliegt.

»Und du meinst echt, so was kauft irgendwer ... auf Kleinanzeigen?«

»Also auf eBay hat schon mal wer die rausgelutschten Haselnüsse aus 'ner Ritter Sport angeboten!«

»Anbieten heißt nicht verkaufen. Das sind zwei völlig verschiedene Dinge!«

»Gelutschte Nüsse und *das* da?« Ich deute auf den Bildschirm. »Nicht wirklich so verschiedene Dinge.«

Ein lautes Lachen platzt aus ihm heraus, und ich weiß, er ist genauso nervös wie ich: »Und warum dann nicht gleich 'ne eBay-Auktion, sondern 'ne Kleinanzeige?«

»Da muss man sich persönlich melden. Und geht's nicht genau darum?«

Als ich ihn daran erinnere, warum wir das Ganze machen, grinst auch er: »Du hast recht! Mal sehen, wer so notgeil ist und da anbeißt!«

Er zieht das MacBook an sich und klickt auf *Veröffentlichen.*

Ein kurzer Schauer läuft mir über den Rücken, und mir wird leicht übel. Ob vor positiver Aufregung oder Angst? Kein Plan. Was ich aber weiß: Jetzt gibt es kein Zurück!

Kapitel 01: Damian

Ich mach's.

Heute ist es so weit.

Heute, Dienstag, den 16. April, um 17.00 Uhr bei leicht bewölktem Himmel und 15 Grad Außentemperatur. Das sind die Informationen, die mir Alexa vorbetet. »Du hast einen Termin um 17.15 Uhr: D. bestellen. Wenn du dich heute nicht traust, hast du's endgültig verkackt«, fügt sie in ihrer monotonen Stimmlage hinzu.

»Jaha …«, antworte ich der emotionslosen Plastikkugel leise. »Leichter gesagt als getan.«

Ich habe mir extra einen Alarm gestellt, um sicherzugehen, dass ich auch ja nicht kneife. *Dann hast du's endgültig verkackt.* Der Motivationsspruch am Ende, wenn man ihn denn so nennen will, klingt vielleicht ein bisschen dramatisch, aber leider ist er wahr. Wenn das alles noch rechtzeitig klappen soll, *muss* ich den Artikel heute bestellen. »Oh Mann, was 'ne Scheiße!« Nervös fahre ich mir mit beiden Händen durch die kurzen, dicken Haare und merke, wie sich einzelne Schweißperlen auf meiner Stirn abzeichnen.

Warum ist es hier drinnen plötzlich so heiß?

Ein flüchtiger Blick aufs Handy bestätigt mir, dass sich die Temperatur in den letzten zwei Minuten nicht verändert hat, und trotzdem reiße ich mir mit einem Ruck mein schwarzes Shirt über den Kopf und schmeiße es gedankenlos in die Ecke.

Besser.

Dann tapse ich hibbelig zum großen Dachfenster in meinem Zimmer, öffne es weit und stütze mich mit beiden Unterarmen gegen den Rahmen. Die frische Luft tut gut und beruhigt meinen Puls. Zumindest ein wenig.

Ich sollte das Shirt lieber gleich wegräumen.

Damian, du bist bald erwachsen! Ist es zu viel verlangt, da ein bisschen Ordnung zu halten?

Ich höre schon die nörgelige Stimme meiner Mutter im Kopf und merke, wie ich das Gesicht verziehe. *Genau, Mum, ich werd bald 18. Alt genug, um so was selbst zu entscheiden. Und alt genug, dass du meine Post in Ruhe lässt.*

Ich runzle die Stirn und lasse meinen Blick zum leeren *ONE VOICE*-Deluxe-Schuber schweifen, den ich extra für mein geheimes Vorhaben vorbereitet habe. Trotz des kalten Windzugs schwitzen meine Hände wie verrückt: Wieso zur Hölle bin ich dermaßen aufgeregt? Mein Plan ist doch gut. Ich hab den echt sorgfältig ausgearbeitet: Wenn der Artikel in dem Schuber ankommt, wird Mum, selbst wenn sie das Paket öffnet, denken, dass ich *nur wieder irgendeinen Anime-Müll* bestellt habe, und den wahren Inhalt übersehen, oder? Ich mustere die gold-schwarze Box: Die ist eigentlich viel zu limitiert für so 'ne blöde Aktion. Aber leider habe ich keine andere, die groß genug ist.

Wieso muss die Post nur so unzuverlässig sein? *Garantierte Lieferung, kommt ganz bestimmt zum ausgewählten Zeitpunkt an. Ehrenwort.* Ja, ja, my ass. Würde das alles 'n bisschen besser klappen, könnte ich die Zustellung einfach auf einen Nachmittag timen, an dem Mum länger in der Schule ist als ich, und das Ding wäre safe. Dann könnte ich mir den ganzen Aufriss hier sparen. Aber das Risiko, dass sie davon Wind bekommt und ich ihr erklären muss, warum ich *SO WAS* bestelle, ist mir definitiv zu groß. Allein bei dem Gedanken daran läuft es mir kalt den Rücken runter. Und als Lehrersohn kann man in einer Kleinstadt wie Uferstedt leider auch nicht mal eben in 'nen Laden gehen und sich so 'n Teil kaufen. Okay, zugegeben: Keine Ahnung, ob ich mich das trauen würde ... Aber die Möglichkeit fällt eh weg, weil gefühlt jeder meine Mutter kennt und das mit

Sicherheit zu ihr durchsickern würde. »Ey, hast du schon mitbekommen, was der Sohn von Frau Thoma sich gekauft hat?«, »Frau Thoma, ich hab letztens Ihren Sohn gesehen, da kam er aus einem Laden für ...« Ne, ne, ne. Lieber nicht. Und wen anders anheuern? Das kommt bei so einer Sache nicht in Frage. Wäre schon echt hart unangenehm.

»Tja, dir bleibt wohl nichts anderes übrig«, murmele ich vor mich hin, »'nen besseren Plan hast du eh nicht, also ...« Von meiner eigenen Unsicherheit genervt, schnappe ich mir kurzerhand meinen Laptop, öffne den Browser und klicke auf meine Lesezeichen. Das ist es. Das Angebot von Kleinanzeigen, das ich vor einigen Tagen gespeichert habe. »Puh ...«, mit zittrigen Fingern bewege ich die Maus, um den Link zu öffnen ...

PLING

Mein Handy vibriert. Eine neue Nachricht von meiner kleinen Schwester. *Huh? Was will die denn jetzt?*

Das werde ich ihr wohl kaum erzählen. Ich würde ihre Nachricht am liebsten ignorieren, aber so, wie ich sie kenne, wird das eh nicht funktionieren.

PLING PLING PLING PLING

Genervt verdrehe ich die Augen. *Love your timing, Vivi.*

»Hey, passt grad nicht. Später, okay?« Ich beginne, eine Antwort zu tippen, doch ehe ich die Nachricht abschicken kann, wird meine Tür aufgerissen, und Vivi stürmt herein.

»Hey, klar, komm doch rein …«, schnaube ich.

»Dami, kannst du mir kurz … Oh, bist du dabei, den Dildo zu bestellen? Machst du's jetzt doch?« Ihr Ton wird schlagartig euphorisch.

W-Was hat sie gerade gesagt?! Verdutzt schaue ich sie an. »What the … Nein?!«, hastig springe ich auf, um die Tür hinter ihr zu schließen. »Und brüll nicht so, du blöde Kuh! Kein Bock, dass Mama dich hört!«

»Ups, hast recht!«, fügt sie jetzt, deutlich leiser, hinzu. »Sorry …«

Auf dem Rückweg zu meinem Schreibtisch schnappe ich mir mein T-Shirt und ziehe es wieder über.

»Vielleicht solltest du *damit* etwas vorsichtiger sein.« Als wollte sie mich provozieren, deutet sie mit einem Finger auf meinen Laptop, auf dem das Kleinanzeigenangebot noch immer geöffnet ist.

»Dünnes Eis, Fräulein«, brumme ich, worauf sie nur mit einem Schulterzucken reagiert. »Außerdem, Bullshit! Du konntest den Bildschirm überhaupt nicht sehen, als du reingekommen bist.« Trotzdem klappe ich ihn so weit runter, bis er sich abdunkelt, bevor ich mich auf mein Bett hocke. »Also, woher wusstest du's?«

»Meine Tarotkarten haben es mir verraten.«

»Mhm, wahrscheinlich«, ich ziehe die Augenbrauen hoch. »Hau raus jetzt.«

»Ist ja gut«, sie hält mein iPad, das sie sich immer zum Zeichnen krallt, fest an sich gepresst. »Die Erinnerung, die du dir für heute gespeichert hast, ist auch hier drauf aufgepoppt. Und ein kurzer Blick in deinen Suchverlauf hat dich endgültig auffliegen lassen.«

Oh mein Gott, ich raste aus. Das ist der fucking Nachteil daran, wenn man auf mehreren Geräten angemeldet ist. E-Mails, Benachrichtigungen und Fotos landen überall gleichzeitig.

»Warum willst du das Ding überhaupt haben? Würdest du's gern mal mit 'nem Typen machen oder wie?«

Oh Mann, ey ... Was weiß ich denn?

»Ich frag mich halt einfach, was daran so krass gut sein soll.« Sie ist dreizehn und steht aktuell total auf Boys Love. Anstrengende Kombination. Aber vielleicht kriege ich sie so auf meine Seite.

Vivi schaut mich skeptisch an, zischt dann aber: »Hmm, na gut!«

»Du darfst aber keinem davon erzählen, klar? *Keinem!*«

»Ja, ja. Manche Jungs spielen gern Xbox, du bist halt anders. Ist ja deine Sache, womit du spielst.«

Ein flüchtiger Blick zu meiner Switch. Pff, anders? Was soll das überhaupt heißen? Egal. Ich beiße mir auf die Zunge: Das war knapp. Aber ehrlich gesagt würde es mich auch wundern, wenn Vivi nicht dichthalten würde, denn obwohl sie mir oft auf die Nerven geht, verstehen wir uns echt gut. Trotzdem, es wird Zeit, dass ich mich auf dem iPad abmelde.

»Was wolltest du denn?«, schnaubend versuche ich, das Thema in eine andere Richtung zu lenken. »Oder hast du nur ’nen Vorwand gesucht, um mir auf die Eier zu gehen?«

»Diesmal nicht.« Vivi schmeißt sich genüsslich in meinen Sitzsack und richtet den Apple Pen wie einen Zauberstab auf mich. »Ich bräuchte dich mal wieder als Model. Du weißt ja, am lebenden Objekt lernt man am besten.«

Jetzt?

Mein Blick schweift zu meinem Laptop, dann zurück zu ihr. Augen zu und durch? Vielleicht ist das die schnellste Möglichkeit, sie loszuwerden.

»Ach, und weg mit dem T-Shirt!«

»Was?«

»Ich muss deine Muckis sehen! Dann ist deine Trainingszeit wenigstens nicht nur in deinen Körper, sondern auch in die bildenden Künste investiert.«

Manchmal wünschte ich mir echt, sie wäre nicht erst mit acht Jahren zu uns gekommen. Als leibliche Schwester würde sie sich sicher mehr vor mir ekeln.

»Okay, vergiss es.«

»Wieso? Der blöde Dildo läuft dir doch nicht weg!«

Diese Dreistigkeit, ich kann’s nicht fassen. Mit einem Ruck springe ich auf, greife mit beiden Armen um Vivis Oberkörper, hebe sie wie einen Gabelstapler aus meinem Sitzsack heraus und trage sie zur Tür. Sie ist relativ klein geraten, gerade so ein Meter fünfzig, würde ich schätzen. Ich dagegen bin fast anderthalb Köpfe größer als sie, weswegen es mir mit Leichtigkeit gelingt, sie aus dem Zimmer zu schieben. »Wir sehen uns beim Abendbrot.«

»Jaha, du musst mich ja nicht gleich …«

Ich lasse sie ihren Satz gar nicht erst zu Ende sprechen, da haue ich ihr schon die Tür vors Gesicht.

Was eine Nervensäge.

***

Mit einer Hand krame ich hastig meine Kopfhörer aus der Schultasche und stopfe das Kabel in mein wirklich altes Handy. »Komm, jetzt nicht rumspacken«, drohe ich dem Schrottteil, als würde es einen Unterschied machen. Ich habe Glück, die Verbindung steht sofort, und die Musik ballert auf mein Gehör ein.

Ich muss mich jetzt wirklich ranhalten. Es ist schon fast 18 Uhr. Wenn ich den blöden Dildo heute nicht bestelle, kommt er vielleicht nicht mehr rechtzeitig vor dem Kurztrip mit Emma an, und bis dahin brauche ich unbedingt eine Antwort. Das Positive an dem Zeitdruck ist, dass er die Nervosität im Zaum hält. Ich habe keine Lust mehr, mir den Kopf über dieses Thema zu zerbrechen. Ich will es einfach ausprobieren, ohne dass Mum ein Theater macht oder ich mit Emma darüber reden muss. *Los jetzt, Damian.*

Ich klicke auf *Nachricht schreiben.*

Über die Mail an den Verkäufer habe ich mir die letzten Tage dauernd den Kopf zerbrochen. Wie macht man so was bitte, ohne dass es sich super weird anfühlt?

Hey hey,
das klingt jetzt vielleicht ein bisschen komisch, aber könnten Sie mir den Artikel in einer speziellen Box nach Wunsch zukommen lassen? Es wäre gut, wenn das Ganze unbemerkt an meiner Mum vorbeigehen würde, weil … Ach, das muss ich, glaube ich, nicht erklären, oder? Haha, oh Mann … Fühle mich dumm! 🤪

Ich bin mir unsicher, ob der letzte Satz awkward rüberkommt, aber das ganze Szenario ist einfach so seltsam, dass ich dachte, ich könnte die Stimmung damit bestimmt ein bisschen auflockern.

Der Preis passt, und ich übernehme gerne die Versandkosten. Sie retten mir wortwörtlich den Arsch und ersparen mir eine anstrengende Diskussion!
Falls Sie noch Fragen haben, können Sie mich entweder hier oder unter dieser E-Mail-Adresse erreichen:
DamianXVII@mailto.de
Ich würde mich über eine zeitnahe Antwort freuen. Es ist dringend.

Ich atme ein letztes Mal tief ein und klicke dann überraschend entschlossen auf *Senden.*

Kapitel 02: Emil

»Ich bin echt enttäuscht, Leute«, raunt die verbrauchte Männerstimme unseres Trainers, »aber mit dieser Kondition auch kein Wunder. Platz 5 beim Hallenturnier? Das ist doch scheiße!«

Na ja, finde ich jetzt nicht. Fünfter von acht ist schon mal nicht Letzter. Ich schaue in die Gesichter meiner Jungs, und heute scheinen die Worte des Trainers sie nicht so sehr zu treffen wie sonst.

Zufrieden grinse ich in mich hinein. *Das ist mein Verdienst.* Die Luft knistert vor Erwartung, und unruhig rollen einige ihren Trainingsball zwischen den Füßen hin und her, während wir alle auf dem Boden sitzen.

Ein Ellenbogen in meiner Seite. »Bist du bereit?«, flüstert Ben, unser Torwart, aufgeregt.

Ich nicke nur, und er kann kaum an sich halten. Es ist lustig, denn vor einem Jahr haben sie mich noch belächelt. *Der Neue. Das Stadtkind.* Heute zweifelt keiner mehr daran, dass ich die Aktion durchziehe. Immer wieder schaue ich unauffällig am Trainer vorbei, auf die Anzeigetafel hinter ihm, dann in Richtung Mattenraum. *Noch eine Minute.* Ich bin wohl nicht der Einzige, denn der Coach bellt: »Hört ihr mir überhaupt zu, ihr Flaschen?«

Gackernde Mädchenstimmen ertönen auf der anderen Seite des Trennvorhangs, und plötzlich breitet sich ein selbstgefälliges Grinsen auf seinem Gesicht aus. *Darum* hat er uns die erste halbe Stunde nur dribbeln und Pässe spielen lassen. Weil wir da noch allein in der Sporthalle waren. Und jetzt, wo die Mädchen in Hörweite warten, dass die Tanz-AG losgeht, kann er uns schön zusammenfalten. Vermutlich verspricht er sich gekränkten Männerstolz, der uns anspornen soll. Mann, hat der Schwein, dass man als Fußballtrainer keinen Pädagogenschein braucht.

»30 Sekunden!«, zischt irgendwer hinter mir. Ich fische mein Handy aus der Sporthose und gleiche die Zeit ab. Da ploppt eine Notification auf:

Eine neue E-Mail.

Von Kleinanzeigen?

Hä?

Plötzlich reißt mich mein eigener Name in der Predigt des Trainers aus meinen Gedanken.

»... sollten wir Emil, unserem Torschützen, danken. Vier Tore vom *Blonden Blitz*. Das sind doppelt so viele wie von unserem Mannschaftskapitän.«

Ein Schnauben hinter mir. Ich kann mir denken, von wem. Ich lache verlegen, aber der Alte hört einfach nicht auf zu reden.

»Als er mit 16 zu uns gekommen ist, war er mickrig und unerfahren.«

Entschuldigung? Ich war Läufer im Leichtathletikverein in Berlin. Okay, Fußball hat mich nicht gejuckt, aber in shape war ich schon vorher.

»Aber Emil hat sich bis an die Spitze gekickt, und das obwohl er ... na ja, *ein bisschen anders ist* als die anderen Jungs.«

Im Augenwinkel sehe ich Ben verschmitzt lachen. »Ein ganz besonderer Junge«, flüstert er, und ich höre unterdrücktes Kichern.

Ich verdrehe die Augen und grinse. »Ach komm, halt's Maul.«

»Wenn jemand wie er es heute im Fußball schafft«, tönt der Coach, »was sind dann eure Entschuldigungen, hä?«

Beim nächsten Blick auf die Uhr flutet Erleichterung meinen Körper. Es ist endlich so weit: 18 Uhr auf die Sekunde, und wie jeden Dienstag ertönt genau in diesem Moment die laute Musik nebenan. Aber die Mädchen jubeln aufgeregt, denn es ist nicht die übliche Pop-Playlist, zu der sie sich sonst immer aufwärmen. Aggressive Lyrics und Hip-Hop-Beats ballern in voller Lautstärke durch die Halle. Der Coach im rot-weißen Trainingsanzug weiß gar nicht, wie ihm geschieht, als plötzlich alle Jungs aufspringen und sich im Tumult der Trennvorhang hebt. Während sich einige auf den Boden werfen, um unten durchzuschauen, tanzen andere mit kreisenden Hüften und dämlichen Moves vor der Barriere, die Stück für Stück höher fährt, bis sie nichts mehr trennt.

Jetzt bin ich dran. Übers Handy schalte ich alle Funksteckdosen, die ich vor dem Training in der Halle verteilt habe, auf *ON*. In jeder steckt ein offenes, nasses Kabel. Klingt gefährlich, ist es aber nicht, denn mit einem Knall fliegen die Sicherungen raus, und der Strom ist weg. Dunkelheit. Kreischende Mädchen und grölende Jungs, aber auch die Musik ist verstummt.

Verdammt. Das war anders geplant. Ich dachte, diesen Schaltkreis hätten wir verschont.

»Kann mir mal jemand sagen, was hier los ist?!«, brüllt unser Trainer über den Tumult hinweg.

Da erstrahlen Dutzende goldene Lichterketten, die aus dem Mattenraum durch die Halle zu fliegen scheinen. Die Jungs verteilen sie und legen sie den Mädchen um wie Schmuck.

Ich drücke auf *Play*, und »Under Pressure« von Queen dröhnt aus der Bluetooth-Boombox, die ich in weiser Voraussicht versteckt hatte. Tja, verlasse dich nie auf Plan A, wenn du willst, dass etwas gelingt. Im Nu tanzen und hüpfen alle ausgelassen wie in einem Meer aus blinkenden Lichtern. Keine Spur mehr von der Angespanntheit, die noch vor Sekunden den Raum einnahm.

Mit wilden Augen und unbeherrscht schnaubend schaut der Coach sich um, auf der Suche nach dem Drahtzieher. »Emil …« Doch als er mich erblickt, versammeln sich ein paar Jungs und Mädchen um mich.

»Wir dachten, statt uns fertigzumachen, dass wir *nur* Platz 5 geworden sind, feiern wir heute lieber, dass wir zwei Plätze besser waren als beim letzten Mal«, grinse ich.

»Seid ihr völlig verrückt geworden? Der Schaden …«

»Es gibt keinen Schaden«, antworte ich beschwichtigend, während ich die Steckdosen wieder auf *OFF* setze. »Sobald man die Sicherung wieder einschaltet, ist alles in Butter.«

Der Coach ringt nach Worten, doch als Felix und Ben mit einem prall gefüllten und in Lichterketten gewickelten Bierstiefel aus dem Mattenraum auf ihn zukommen, entspannt sich seine Miene. Denn wenn ich eines im letzten Jahr gelernt habe, dann, dass hier im Dorf jeder Grund ein guter Grund zum Bechern ist.

»Also, Trainer, Zeit zum Feiern, oder?«

***

Es dämmert, als ich, auf mein Fahrrad gestützt, die Straße vor der Turnhalle hinabhumple. *Verdammtes Schienbein*, fluche ich in mich hinein.

Das mit dem Feiern ging genau fünfzehn Minuten lang gut. Dann hat sich Jessica, die Tanzlehrerin der Mädchen, aufgeregt, dass sie nicht riskieren könne, dass am Ende keiner für die Tanzstunde bezahlt oder sich irgendwelche Eltern beschweren. Also haben wir schnell aufgeräumt und alles wieder instand gesetzt.

Als ich kurz stehen bleibe, um mein Bein auszuschütteln, denke ich an mein Team und wie ausgelassen die Jungs heute waren. Jede einzelne Minute hat sich voll und ganz gelohnt.

Den Rest der Zeit haben wir mit Zweikampftraining verbracht. Einer gegen einen, in Paaren. Das ging diesmal nicht so gut für mich aus ... Meine Sachen sind klamm und triefen vor Schweiß. *Super sexy, huh?* Aber immerhin haben sich die Temperaturen wieder gefangen. Es ist fast absurd. Heute Morgen war noch alles gefroren, jetzt weht bloß ein lauer Wind, so dass mir in meiner Trainingsjacke fast zu warm ist. Wäre das Turnier draußen gewesen statt in der Halle, hätten wir besser abgeschnitten. Ich bin Läufer. Je größer der Platz, je freier ich rennen kann, desto besser spiele ich. Plötzlich höre ich, wie sich mir eine Gruppe bekannter Stimmen von hinten nähert.

»Hey, Emil, alles klar?« Kevin, unser Mannschaftskapitän. Ein breites Grinsen schwingt in seiner Stimme mit. »Hast heute ja ganz schön schnell schlapp gemacht!«

»Witzig, hat Buffy das nicht letztens auch zu dir gesagt?«

Die anderen Jungs prusten und lachen los. Volltreffer. Mit einem beschwichtigenden Grinsen dreh ich mich um und sehe, wie Kevin mit hochrotem Kopf zu seinen Jungs schaut, die ihn grölend umringen.

»Haltet euer Maul!« Buzz-Cut, breite Schultern und Augen wie ein Raubtier: Das ist mein Kapitän. Und er lodert. Normalerweise würde mich dieses dominante Auftreten einschüchtern, besonders bei jemandem mit seinem Körperbau, aber er datet meine beste Freundin. Ich bin safe.

»Hey, ist doch nicht schlimm«, ich deute auf mein ramponiertes Bein. »Das wird schon wieder, mach dir keine Sorgen. Nimm mich einfach nächstes Mal nicht ganz so hart ran. Jedenfalls nicht ohne Vorwarnung.« Ich zwinkere ihm überzogen zu, und auch wenn ein unreifes Kichern von einigen der anderen kommt, bleibt Kevins Gesicht versteinert.

»Ey, pass bloß auf, Emil«, sagt Ben, »der Kumpel von meinem Cousin ist auch schwul und wurde bei 'nem Sex-Date an sein Bett gekettet und dann ausgeraubt!« Er klingt weniger besorgt um mich, als mehr daran interessiert, seine wilde Geschichte zu erzählen.

»Oh Mann!«, lache ich verlegen und denke mir trotzdem: Schön wär's! Dann hätte ich wenigstens irgendeine Form von Action in meinem Sex-Life. Seitdem wir hier hergezogen sind, lebe ich in sexueller Abstinenz. Von mir aus könnte man mir mein gesamtes Zimmer ausräumen, wenn ich dafür endlich mal wieder so richtig ...

Huuup! Huuup!

Als der rot-weiße Kleinbus von Kevins Dad auf uns zurollt, schiebe ich mein Rad zur Seite und versuche, den Schmerz im Schienbein, so gut es geht, zu verstecken. Der Bus kommt zum Stehen, und er lehnt sich aus dem Fenster: »Und? Alles okay mit dem Bein, Emil?«

»Klar, Coach.« Er nickt immer wieder, während Kevin und seine Clique in den großen Wagen steigen.

»Gut, gut. Und eines noch!«

»Was denn?«

»Wenn du noch mal so ein Ding planst, landest du auf der Ersatzbank! Diesmal wirklich!«

»Aye, aye!«

»Papa, nun fahr«, nörgelt Kevin von der hinteren Sitzbank, »Ich hab Kohldampf.«

Zum Abschied heb ich kurz die Hand und drehe mich um.

Alter, das Timing? Weltklasse!

Ich weiß, eigentlich sind alle cool damit, aber es gibt einfach angenehmere Dinge, als mit seinen Fußballjungs über

Schwulensex zu reden, okay? Besonders wenn man der einzige Geoutete im Team ist. Gott sei Dank gibt's Orte, an denen es mehr von uns gibt. Und der nächste von hier ist ... das Internet.

Ich zücke mein Handy, während ich weiter, auf mein Rad gelehnt, die Straße entlanghumpele. Obwohl ich Teil 12 von »Lustige Dinge, die nur #gays verstehen« auf TikTok vorgeschlagen bekomme, werde ich mürrisch.

Ich hasse das. Manchmal kommt es einfach und versaut mir die Laune. Dann denke ich, Kevin ist mir absichtlich so krass ins Bein gegrätscht, weil er um seinen Platz im Team fürchtet. Bin ich im Ballbesitz, bleib ich im Ballbesitz. Aber wenn ich so gut bin, warum bin *ich* dann nicht Captain? Oder Co-Captain? Oder wenigstens nicht immer der Vorletzte, der gewählt wird, wenn wir in Teams gegeneinander spielen? Ich komm doch mit allen gut klar? Wir lachen zusammen. Mich mögen doch eigentlich alle.

Ich zucke, weil ich komisch aufgetreten bin, und beinahe fällt mir das Handy aus der Hand.

Auf dem Display sehe ich zwei Boys, die überzogene Alltagssituationen aus ihrer Beziehung nachspielen. Keine davon verlangt, halb nackt zu sein, aber das scheint sie nicht davon abzuhalten.

Ein müdes Lächeln, und ich denke mir: Scheiß drauf. Scheiß auf schlechte Laune, die hilft niemandem. Sei wie die zwei! Locker, gut drauf, und nimm dich nicht zu ernst. Vermutlich muss ich mich einfach noch ein bisschen mehr reinhängen. Vielleicht weniger Zeit mit halb nackten Fremden auf TikTok vergeuden. Immerhin passieren die meisten Dinge hier draußen noch offline.

Der Kleinbus ist kaum mehr zu sehen, da vibriert mein Handy. Es ist Buffy.

Buffy
online

BUFFY

Ich hab gehört, du hast heute Tanzen gecrasht? 😥😢 Warum heute, wenn ich Fahrschule habe? 😭

EMIL

Sorry, ging nicht anders 🤷‍♂️

Es war abzusehen, dass die Standpauke vom Coach direkt auf das Turnier folgen würde. Buffy weiß das, das Drama hier ist nur Smalltalk. Es ist nur eine Frage der Zeit, bis sie rausrückt, worum es wirklich geht.

Brr. Brr.

BUFFY

Ich hab nen neuen Nickname auf AU-Worlds

EMIL

Endlich! Jetzt kann ich's dir ja sagen: *PinkFlowerFluff* fand ich schon immer absolut schrecklich 😇

BUFFY

Jetzt kann ich's dir ja sagen? 😤 Du disst meinen Namen seit Monaten, Junge!

EMIL

Zu Recht. Er ist halt random und sagt nichts über dich aus. Oder siehst du dich selbst als zartes Fluff-Blümchen?

BUFFY

Halt's Maul, ich bin cute, kay?

EMIL

Mhm

Es gibt wenig, was mich so sehr aufregt wie nichtssagende Usernamen. Manche finden das übertrieben, ich nicht. Schließlich sagt ein Name doch immer etwas über die Person dahinter aus. Im Normalfall, welche Wünsche und Träume Eltern auf ihr Kind projizieren. Aber Online-Nicknames sucht man sich selbst aus. Wer würde da einfach *irgendwas* wählen? Nehmen wir mal AU-Worlds, die Fandom-Plattform, auf der Buffy und ich rumhängen: Da gibt es Geschichten und Zeichnungen zu fast jedem Franchise, egal ob Comic, Games, Anime oder Film. Ein Nickname, der einen guten Eindruck vermittelt, ist da doch essenziell! Und sei es nur der Name deines Lieblingscharakters und ein paar Ziffern, vielleicht das Geburtsjahr. Oder 'ne 69 als Joke.

EMIL

Nun los, hau raus! Wie präsentierst du dich der AU-Welt in Zukunft, PinkFlowerPuff?

BUFFY

🥁 Verbeuge dich vor deiner … 🥁

Mein Hirn rast. Vielleicht so was wie *DarkVenom69*? Simpel, aber vielsagend: Ich mag Spider-Man, bin edgy und lache auch über schlechte Witze! Nein, keine gute Idee. Man könnte es auch so lesen: Ich bin 1969 geboren, und mochte den Venom-Film, wodurch zumindest die Info »Ich lache über schlechte Witze« gleich bleiben würde.

EMIL

????

BUFFY

✨ SlayQueen ✨

EMIL

SlayQueen? Als Anspielung auf die 90er-Buffy-Vampirjäger-Serie?

BUFFY

Nein, auf RuPaul …

Natürlich auf die Serie! 💯😌

EMIL

Warum nicht gleich was mit Buffy? Würde doch eh keiner denken, dass das dein richtiger Name ist

BUFFY

Den gab's nur noch mit Nummern hintendran. Buffy05 oder so

Und was soll das bitte aussagen?!
ICH BIN WEDER EINE 05, NOCH EINE 04, 03 ODER 02 VON IRGENDWAS!

EMIL

🤣😂🤣😂

SlayQueen klingt cool, funktioniert aber nur als Insider-Gag, wenn man ihren echten Namen und *Buffy the Vampire Slayer* kennt. Als Username kriegt er von mir daher nur 'ne 2 bis 3 minus, denn er verrät nicht wirklich etwas über sie. Vermutlich soll er das auch gar nicht. Buffy hat enorm Schiss, dass jemand herausfindet, dass sie mit 19 noch in Fanforen schreibt. Dabei ist das Alter doch völlig egal. Man hört ja nicht irgendwann plötzlich auf, Fan zu sein. Mir erzählt sie immer, ich soll *out and proud* leben, aber selbst versteckt sie ihren inneren Geek wie Peter Parker seine Spinnenkräfte.

»Shit!« Schon wieder gestolpert.

Handy weg jetzt, Emil.

Als ich das Display sperren will, fällt mir eine Benachrichtigung ins Auge:

1 neue E-Mail von Kleinanzeigen. Anfrage von User: DamianXVII.

Verdammt. Das ist vorhin im Eifer des Gefechts völlig untergegangen. *Die Kleinanzeigensache.*

Nervös zuckt mein Mundwinkel, und ich starre wie gelähmt auf mein Handy. Es ist, als würde mich etwas zurückhalten, auf die Notification zu klicken. Angst? Ich will schon wissen, wer sich *darauf* gemeldet hat, aber allein fühlt es sich nicht richtig an. Schließlich habe ich die Anzeige auch nicht allein online gestellt …

DamianXVII. Damian Wayne aus *Batman*? Oder – ganz verrückt – vielleicht ist das sein echter Name? Es ist doch ein Er, oder? Klar, das ist Kleinanzeigen, nicht AU-Worlds. Und die römische Zahl? XVII steht für 17. Siebzehn Jahre? Aber wer ist so cringe, dass er sein Alter in römischen Zahlen schreibt? Okay, außer *Final-Fantasy*-Fans. Aber kann das sein? Einer in meinem Alter? Das ist nicht unbedingt das, was wir erwartet haben ... was *ich* erwartet habe. Eher ein seltsamer Fetisch-Typ Mitte 30. Aber die E-Mail-Adresse könnte auch vor Jahren angelegt worden sein ... Vielleicht hat er ja ein Profilbild!

Wie von selbst ist mein Handy wieder entsperrt, und ich öffne mein Kleinanzeigen-Postfach. Nichts. Kein Profilbild. Nur Fließtext. Eine Menge Text.

Hey hey,
das klingt jetzt vielleicht ein bisschen komisch, aber könnten Sie mir den Artikel in einer speziellen Box nach Wunsch zukommen lassen?

Ihnen? Wer siezt bitte jemanden, von dem er 'nen Dildo auf Kleinanzeigen kauft? Definitiv Boomer!

Es wäre gut, wenn das Ganze unbemerkt an meiner Mum vorbeigehen würde.

Okay, Boomer, der noch bei seiner Mum lebt. Direkt Norman-Bates-Vibes.

weil ... Ach, das muss ich glaube ich nicht erklären, oder? Haha, oh Mann ... Fühle mich dumm! 🤪

Süß. Man merkt richtig, wie unangenehm ihm das ist. Ein Lächeln breitet sich auf meinem Gesicht aus. WHAT THE –, Stopp! Hör auf, mit dem Weirdo, der Dildos secondhand kaufen will, zu sympathisieren!

Der Preis passt, und ich übernehme gerne die Versandkosten. Sie retten mir wortwörtlich den Arsch und ersparen mir eine anstrengende Diskussion!
Falls Sie noch Fragen haben, können Sie mich entweder hier oder unter dieser E-Mail-Adresse erreichen:
DamianXVII@mailto.de

Und ob ich Fragen habe! Junge, das kannst du dir gar nicht vorstellen.

Kapitel 03: Damian

Hey Damian,
ich freue mich sehr, dass du Dich für den angebotenen Artikel interessierst. Du wohnst also noch bei Deinen Eltern? Wie alt bist Du denn? Sorry, dass ich so unverblümt frage, aber Sextoys an Minderjährige zu …

»Hallo … Hallooo, Erde an Damian!«

»Huh?«, Emmas Stimme reißt mich aus meiner Trance. »Jo … eh, was?«

»Wir sind dran! Welche Sorte willst du?«, die dunkelgrünen Augen meiner Freundin treffen auf meinen verlorenen Blick. »Alles okay bei dir?«

»Ehm …«, es fällt mir schwer, auf die Schnelle einen klaren Gedanken zu fassen, weil ich gerade dabei war, die frisch in meinem Postfach gelandete Antwort von Kleinanzeigen zu lesen. Es dauert ein paar Sekunden, ehe ich mich wieder gefangen habe. »Klar, äh … ich …«, setze ich an.

Noch bevor ich meinen Satz beenden kann, ertönt plötzlich eine wütende Stimme hinter mir: »Mein Gott, kannst du dich vielleicht mal entscheiden? Ich hab nicht den ganzen Tag Zeit!« Eine Frau mittleren Alters drängelt sich schroff an Emma und mir vorbei. »Sorry, aber wenn dein scheiß Freund hier nicht bald mal seine Zähne auseinanderkriegt, komme ich zu spät, und meine Kinder warten darauf, dass ich sie von der Schule abhole.«

Ich schaue sie verwirrt an. *Was zur Hölle?* Hat die mich gerade ernsthaft *scheiß Freund* genannt? Außerdem: Was »Zähne auseinanderkriegen«?! *Sie* ist *mir* ins Wort gefallen.

»Jo, geht's noch?«, blaffe ich irritiert. Eigentlich bin ich nicht der Typ, der sofort auf Konfrontation geht, aber das war schon echt unverschämt.

Für die Frau jedoch scheinen wir beide mittlerweile unsichtbar geworden zu sein, denn sie macht keine Anstalten, auf mich zu reagieren. »Eine Kugel im Becher.«

Ein ungläubiger Blickaustausch mit Emma bestätigt mir, dass sie genauso fassungslos ist wie ich. Die Frau hebt ihren Finger, doch bevor sie sich für eine Sorte entscheiden kann, greift Emma nach ihrer Schulter und hält sie zurück: »Entschuldigen Sie, aber ...«

»Was?«, zischt die Frau aggressiv.

Sogar der Eisverkäufer, der nur ein bisschen älter aussieht als wir, zuckt vor Schreck kurz zusammen. Aber Emma hält dem Gebelle stand. »Ich kann verstehen, dass Sie im Stress sind, und ja ...«, sie wendet ihren Blick von der Frau ab und schaut mir ins Gesicht, »mich nervt es auch, dass mein Freund in letzter Zeit so oft gedankenverloren in die Luft starrt!«

Autsch, der Seitenhieb tut weh, und ein Unwohlsein schießt mir in den Bauch. Ist das echt *so* auffällig? Ich dachte eigentlich, ich hätte es ganz gut im Griff.

»Sie können gerne vor uns bestellen, aber das hätte man auch freundlicher sagen können. Und außerdem frage ich mich, warum Sie nicht erst Ihre Kinder abholen und dann herkommen.«

»Was sagst du da ...?«, faucht die Frau.

»Ich meine ja nur! Die würden sich bestimmt über ein Eis freuen. Oder wollten Sie die eine Kugel mit ihnen teilen?«, antwortet sie völlig unaufgeregt. »Auf der anderen Seite: Vielleicht auch ganz gut, dass die nicht mitansehen müssen, wie Sie sich benehmen.« Sie zuckt mit den Schultern und stellt sich wieder zurück neben mich.

Oh – What? Emma?! Das plötzliche Unwohlsein weicht einem Gefühl von Stolz, und ich kann mir ein fettes Grinsen nicht verkneifen: Wo kam das auf einmal her? Es ist krass, wie sehr sich Emma in den letzten Jahren verändert hat. Früher hätte sie sich das *niemals* getraut. Ich lege einen Arm um ihre Schulter und ziehe sie dichter zu mir: »Eins zu null für dich«, flüstere ich mit einem Kichern in der Stimme.

»Eh …?!«, ringt die Frau nach Worten, und Umrisse einer dicken Wutader zeichnen sich auf ihrer glänzenden Stirn ab. Mein begeistertes Gesicht scheint sie nur noch mehr zu provozieren.

»Was grinst du eigentlich so blöd?«, schnaubt sie mich an, doch ehe sie einen erneuten Angriff starten kann, unterbricht sie der Eisverkäufer.

»Sie sagten doch, Sie haben es eilig. Wollen Sie nicht einfach bestellen?« Dann wirft er uns einen kurzen »Ich-krieg-das-hin«-Blick zu.

Danke, Mann. Er … sieht echt gut aus. Im Eifer des Gefechts ist mir das gar nicht aufgefallen, aber jetzt, wo das Monster besiegt ist, mustere ich sein Gesicht genauer. Er hat einen ziemlich markanten Kiefer, der durch die zu einem Bun gebundenen Haare noch mehr betont wird. Einzelne blonde Strähnen fallen ihm links und rechts ins Gesicht, und seine Augen sind superblau. Superblau und auf einmal auf mich gerichtet: »Und, was möchtest du?« Er grinst mich an und deutet mit dem Eisportionierer auf die zahlreichen Sorten vor sich.

***

Emma und ich pflanzen uns gemeinsam auf mein Bett und stürzen uns dann auf die zwei großen, mit unverhältnismäßig vielen Früchten verzierten Eisbecher. Eigentlich wollte jeder von uns nur zwei Kugeln für den Heimweg nach der Schule, aber nach Emmas erfolgreicher Schlacht haben wir uns ein bisschen was Dekadenteres gegönnt. Außerdem war der Eisverkäufer so nett und hat uns eine großzügige Portion Streusel und Erdbeersoße spendiert.

»Die Alte war echt krass drauf. Zum Glück hat sie euch nicht gefressen«, meinte er und hat uns dabei schelmisch angelächelt. Recht hat er. Ich glaube nämlich, viel hat da nicht mehr gefehlt.

»Lass es dir schmecken! Du hast es dir wirklich verdient!«, zufrieden grinse ich Emma an.

»Danke. Wenn ich ehrlich bin, bin ich auch überrascht, dass ich das so durchgezogen habe!« Ein rötlicher Farbton ziert ihre Wangen, und sie schaut mich verlegen an. Sie sieht schon süß aus.

»Das Mangoeis mit der Erdbeersoße ist 'ne krasse Kombi!«, schwärme ich begeistert und signalisiere ihr mit einem Kopfnicken, dass sie das auch probieren soll.

»Boah, ja, voll!«, nickt sie hastig mit dem Löffel im Mund. »Du, wann kommt deine Mum eigentlich zurück?«

»Eh, keine Ahnung. Wie spät ist es denn?«

»Mein Handy ist in meiner Tasche dahinten ...«

»Ist schon gut, ich mach!«, unterbreche ich ihr Vorhaben aufzustehen und ziehe meins aus der Hosentasche.

Ach fuck ... Die Mail!

Die ist immer noch offen auf meinem Display zu sehen. Irgendwie hatte ich sie durch den Showdown in der Eisdiele für einen kurzen Moment vergessen. Ich erinnere mich an das, was Emma vorhin zu mir gesagt hat. Dass ihr aufgefallen sei, wie oft ich gedankenverloren bin. Gedankenverloren und irgendwie abwesend.

Ich weiß auch nicht… Seitdem ich den Kleinanzeigenplan ausgeheckt habe, quält mich dauernd ein schlechtes Gewissen, wenn ich mit Emma zusammen bin. Was fair ist, denn ich gehe davon aus, dass sie von der Aktion nicht so begeistert wäre. Es ist schon irgendwie komisch, dass ich mir extra einen so aufwendigen Plan ausdenke, um herauszufinden, ob Sex mit Typen potenziell etwas für mich sein könnte, während zwischen Emma und mir außer Rummachen und ein paar vereinzelten Blowjobs noch nicht wirklich viel gelaufen ist.

Na gut, das liegt auch an Mums »Offene-Türen-wenn-weiblicher-Besuch-da-ist«-Politik, aber trotzdem … Eigentlich sollte ich doch Bock drauf haben, oder? Keine Ahnung, vielleicht fühlt es sich auch nur ungewohnt an, weil die ganze Pärchensache noch relativ neu ist. Emma war einfach so lange *nur* meine beste Freundin. Die, mit der ich auf einer Wellenlänge schwimme.

»Damian?«

»Ja! Ehm, es ist Viertel vor sechs. Sie ist bestimmt einkaufen und kommt gleich zurück.«

Egal jetzt, um den Dildo-Scheiß kümmere ich mich später! Vielleicht blase ich das Ganze auch einfach ab. Im Moment bin ich mit Emma zusammen und sollte die Zeit genießen.

»Komm her!« Ich ziehe sie zu mir ran und presse ihr einen Kuss auf den Mund. Ich wünschte, ich könnte mit Sicherheit sagen, dass es an Emma liegt, aber Fakt ist: Ich weiß nicht, was oder *wer* genau dafür verantwortlich ist, dass es gerade eng in meiner Hose wird.

Meiner Freundin scheint das nicht entgangen zu sein, denn sie deutet mit einem Finger auf meinen Schritt: »Oh, mhmm … verstehe …«

Ich grinse sie nur schief an: »Was soll ich sagen … Du bist eben heiß!« Noch während ich das ausspreche, zweifle ich daran, ob das hier in eine gute Richtung geht. Aber ich weiß auch, wie viel Emma solche Komplimente von mir bedeuten. Das Leuchten in ihren Augen ist wie ein Sofort-Feedback auf meine Worte.

»Hmm ...« Sie klemmt sich mit einer Hand die dunklen Haare hinter ihr Ohr und flüstert: »Noch ist deine Mum ja nicht da, also könnten wir ...«, dann schiebt sie ihren Eisbecher beiseite und klettert auf meinen Schoß. Ihre Lippen sind nur noch einen, vielleicht zwei Zentimeter von meinen entfernt, und, ohne noch länger zu zögern, greife ich mit einer Hand an ihren Hinterkopf und starte einen wilden Kuss. Ich hab keine Lust, sie weiter zu verunsichern. Ich werd ja wohl in der Lage sein, ihr die Bestätigung zu geben, die sie braucht. Wer so ein tolles Mädchen an seiner Seite hat, sollte wirklich zufrieden sein! Und trotzdem schweifen meine Gedanken zur E-Mail.

Wie es wohl mit einem Toy ... oder einem Typen ist? Wenn statt Emma der Eisverkäufer auf meinem Schoß säße und mich küssen würde? Der war echt cute. Wie fühlt es sich an, das Ding von 'nem anderen im Mund zu haben? In dem Porno letztens sah das schon heiß aus.

Plötzlich verlässt Emma meinen Schoß, um sich auf dem Boden zwischen meinen Beinen zu positionieren. Sie macht sich an meinem Gürtel zu schaffen und fährt dabei mit einer Hand über meinen Schritt. Die andere findet ihren Weg unter meinen Pullover und streichelt mit den Fingerspitzen über die Kontur meiner Bauchmuskeln. »Du ... hast ja gar nichts drunter«, flüstert sie beiläufig, als würde sie gar nicht merken, dass sie das gesagt hat.

»Ach, na ja, April halt. Zu kalt für T-Shirt, aber zu warm für beides«, schmunzle ich leise und versuche, ihre Berührungen zu genießen. »Mhmm...«, das fühlt sich gut an, Aber ... *Shit, Mann!* Aus irgendeinem Grund turnt mich das, was ich sehe, eher ab. Und dann blitzt gegen meinen Willen ein Bild in meinem Kopf auf, in dem meine Freundin durch Mr. Eisdiele ersetzt wird, und ich merke, wie mein Schwanz zuckt.

Was geht hier eigentlich ab?

Es fühlt sich an, als hätte ich komplett die Kontrolle über meinen Körper verloren. Die Sirene in meinem Schädel schlägt Alarm. Panik. *Panik*. Das ist gar nicht gut. Außerdem schmilzt dein Eis, Emma. *Argh, fuck, Damian, geht's noch? Wen interessiert das scheiß Eis?*

Ich schüttle hastig den Kopf, um die Gedanken zu zerstreuen, denn das Letzte, was ich jetzt gebrauchen kann, ist, dass Emma von meiner dämlichen Unkonzentriertheit Wind bekommt. Vermutlich bin ich einfach nur durcheinander, weil meine beschissene Phantasie gerade in eine komplett falsche Richtung abdriftet. Und deswegen kann ich mich nicht auf Emma konzentrieren *und deswegen* kann sich mein Schwanz auch nicht entscheiden, was er tun soll. Klingt doch plausibel ... oder?

Emma scheint es noch nicht bemerkt zu haben, also stürze ich mich, ohne weiter drüber nachzudenken, auf sie, so dass wir mit einem *RUMMS* nach vorne auf den Boden knallen und ich mit einer Hand nach meinem Schreibtischstuhl greifen und den mitumreißen kann.

»Haha, aua?«, lacht sie mich an.

»Sorry, ich ... wollte dich eigentlich nur küssen und hab's 'n bisschen übertrieben!«

»Ist okay«, ein gerührter Blick trifft meinen, der versucht, die Schuld zu verstecken. »Ich seh's als Kompliment. Ich muss heute wohl besonders gut aussehen!«

»Und wie!« Ich erwidere ihr Lächeln.

»Dami, ist alles klar bei dir?« Die Stimme meiner Schwester.

Schritte nähern sich auf dem Flur, und Emma und ich zucken gleichzeitig zusammen.

»Oh, fuck. Vivi!«, flüstert Emma.

Hastig setzen wir uns auf, ich knöpfe meine Hose zu, und Emma fährt sich mit beiden Händen durch die Haare. »Sehe ich normal aus?«, blubbert sie aufgeregt.

Ich kann mir ein Lachen nicht verkneifen und antworte ihr mit einem versichernden Nicken. »Siehst gut aus! Kein Sex-Hair, das uns verrät!«

»Du Blödi!« Sie verdreht die Augen.

Ich zucke mit den Achseln und wende meinen Kopf Richtung Tür. Ein bisschen schlecht fühle ich mich schon, weil ich mich freue, dass der Plan, meine Schwester heraufzubeschwören, geklappt hat.

»Hey, Vivi.«

Als sie sieht, dass Emma da ist, verliere ich ihre Aufmerksamkeit: »Heeeey, Emma! Alles gut bei dir?« Obwohl Vivi die Vorstellung spannend findet, ich könnte eventuell auch auf Typen stehen, *liebt* sie Emma.

»Viviii, na? Ja, mir geht's super. Und dir?« Emma steht auf und geht auf meine Schwester zu, um sie zur Begrüßung zu umarmen. »Woran arbeitest du gerade?« Sie deutet mit ihrem Finger auf den Apple Pen, den Vivi sich hinter ihr Ohr geklemmt hat.

»Ach, na ja, an so 'nem Fanart zu *My Hero Academia*, in dem …«

»Ja?«

»Ehh … also …«, stammelt Vivi.

»Verstehe, es ist also wieder richtig versaut!«

»Mhmm …« Vivi zuckt unschuldig mit den Schultern, und beide brechen in Gelächter aus.

»Oh Mann, Mädel …«, ich verdrehe kopfschüttelnd die Augen. »Du bist so thirsty!« Dann lache ich mit ihnen. Ich mag es, dass die beiden sich so gut verstehen.

»Na ja, ich werd mal weitermachen! Wollte nur kurz schauen, ob alles okay ist, nachdem ich diesen lauten Knall gehört habe!« Sie dreht sich um, um das Zimmer zu verlassen.

Warte, was? Moment mal! Was soll die Scheiße? Normalerweise ist Vivi ultraanhänglich und lässt mich nie in Ruhe. Ich hätte meine Hand dafür ins Feuer gelegt, dass sie um jeden Preis bei uns bleiben will, um Zeit mit Emma zu verbringen. Ständig geht sie mir auf den Sack, und ich habe echt Mühe, sie loszuwerden. Und das *eine* Mal, bei dem ich genau darauf baue, geht sie einfach?

»Lass uns auf jeden Fall was zusammen machen, wenn du das nächste Mal hier bist, aber ich muss mich jetzt echt ranhalten. Will das Bild heute noch posten!« Ein letzter Blick zu Emma, dann verlässt sie den Raum.

»Na klar! Viel Erfolg noch damit!« Emma schließt die Tür und dreht sich zu mir: »Alsooo ... sollen wir weiterma...?«

»Buenas tardes, cariños mios! Ich bin zu Hause! Qué tal el día?«, die gut gelaunte Stimme meiner Mum durchdringt die Wohnung bis in mein Zimmer und sorgt dafür, dass Emma, die gerade vorhatte, mich ein zweites Mal meiner Hose zu entledigen, mit einem Seufzen von mir ablässt.

»Da ist sie also ...«, imitiere ich ihre Enttäuschung. Emma mag meine Mum, aber hasst ihr Timing.

»Egal, im Ferienhaus sind wir ungestört.« Emmas Mum feiert ihren fünfzigsten Geburtstag an der Ostsee und hat mich eingeladen mitzukommen. Sie ist generell ziemlich locker drauf. Eine Sache, für die ich Emma und ihren Bruder immer beneidet habe, und der Grund dafür, dass wir uns so nach dem Trip sehnen. Oder gesehnt haben ...? Nachdem, was gerade passiert ist, bin ich mir nicht mehr so sicher. Was hätte ich getan, wenn Mum uns nicht unterbrochen und mein Körper weitergestreikt hätte?

A-Ach, Bullshit! Ich muss nur den Kopf klarkriegen, und dann wird das schon.

»Hola Mamá!«, erklingt Vivis Stimme.

»Hi, Mum. Emma ist da, wir sind in meinem Zimmer!«

»En español?«

Ich seufze erneut: »Emma està aquí, pero no entiende español. Podemos hablar en alemán, por favor?!«

Meine Mum besteht darauf, wenigstens die erste halbe Stunde am Abend auf Spanisch mit uns zu sprechen, weil sie glaubt, mir damit ein Stück meiner »verlorenen« Kultur näherzubringen. Obwohl ich, ehrlich gesagt, nie eine wirkliche Verbindung nach Andalusien gespürt hab, denn ich war gerade mal vier, als ich adoptiert wurde.

Und Vivi? Die war früher total genervt davon, weil sie im Gegensatz zu mir nicht in Málaga geboren wurde und deswegen nie verstanden hat, warum sie auch dazu genötigt wird, Spanisch zu lernen. Unsere Mutter hat, was das anging, aber nie Diskussionen zugelassen: »Wir sind eine Familie, natürlich gilt das auch für dich! Oder glaubst du, ich will mich nur mit einem meiner Kinder unterhalten können?!«

Keiner von uns hat diesen unsinnigen Satz je nachvollziehen können, weil alle in diesem Haus eine gemeinsame Sprache beherrschen. Und trotzdem, wenn Vivi versucht, ihr weiter auf Deutsch zu entgegnen, wird sie bis auf ein nerviges »En Español?« gekonnt ignoriert.

Ich glaube, Mums eigentliches Ziel dahinter ist, uns auf so vielen Ebenen wie möglich miteinander zu verbinden und unser Gefühl, *echte* Geschwister zu sein, zu stärken. Gerade weil Vivi erst so spät Teil der Familie wurde. Deswegen zwingt sie mich auch, mein iPad mit ihr zu teilen. »Als großer Bruder kannst du das ruhig machen. Bis sie sechzehn ist, braucht sie kein eigenes.«

Mittlerweile finden wir es eigentlich ganz nice, mehr oder weniger zweisprachig aufgewachsen zu sein, denn es ist auf jeden Fall praktisch, wenn man im Bus oder in der Schule reden will, ohne dass andere zuhören.

Vivis Spanisch ist zwar nicht so gut wie meins, aber dafür reicht es. Und als disziplinierte Spanischlehrerin wird Mum eh nicht locker lassen, ehe sich die Sprachkenntnisse meiner Schwester bis auf ein Level verbessert haben, das ihrem Ermessen nach genügt.

Està loca, pero la amo. Sie ist verrückt, aber ich liebe sie.

»Hi, Emma, wie schön, dass du da bist! Ich wollte gleich das Abendbrot vorbereiten, willst du mit uns essen?«

»Hallo!« Emma lächelt sie freundlich an, und von der vorherigen Enttäuschung ist nichts mehr zu sehen. »An sich voll gerne, aber meine Mutter macht heute extra Lasagne, das Lieblingsessen von meinem Bruder und mir.«

»Okay, verstehe! Aber du kannst gerne noch bleiben, bis wir essen! Und du ...« Ihr Blick wandert ruckartig zu mir, nachdem sie mein Zimmer gescannt hat.

Oh, oh.

»Ich hab dir gestern Abend schon gesagt, du sollst endlich deinen Wäschehaufen wegräumen! Warum musst du immer alles genau da liegen lassen, wo du dich auszie...«

»Jahaa, schon gut. Ich kümmere mich drum!«, würge ich sie ab. »Ich mach's, aber ich hab dir auch gesagt, es ist *mein* Zimmer und –« Ihr Blick verdüstert sich um ein weiteres Level. Ich sollte mir sehr genau überlegen, was ich als Nächstes sage. »Ich räum's weg!«

»Excelente. Und denk dran: Die Tür bleibt offen, wenn weiblicher Besuch im Haus ist, mi amor.«

Emma kann sich ein Kichern nicht verkneifen und deutet auf den Wäschehaufen: »Na los, Dami!«

»Ernsthaft? Du jetzt auch noch …?«

***

Völlig außer Puste lasse ich mich auf eine Parkbank fallen. Das war gut, denke ich, während ich den Kopf erschöpft in den Nacken lege und meine Beine weit ausstrecke.

Der Tag war so seltsam, da ist eine Runde Joggen nach dem Abendessen genau das Richtige. Wobei Joggen diesmal zeitweise eher Rennen bedeutet hat. Zufrieden schaue ich auf meine Uhr: acht Kilometer in 32 Minuten. Nice! Ich ziehe mein Handy aus der Hosentasche, fotografiere die Zusammenfassung meines Laufs von meiner Uhr ab und schicke das Bild an meinen Kumpel Luca.

Wir beide trainieren seit ein paar Monaten zusammen und haben eine Wette am Laufen, bei der es darum geht, wer zuerst acht Kilometer in unter dreißig Minuten schafft. Luca hat mich irgendwann herausgefordert, aber weil uns auf die Schnelle kein guter Einsatz eingefallen ist, hat er vorgeschlagen, aus dem Game eine »blinde Wette« zu machen. Was so viel bedeutet wie: Der Gewinner hat einen Wunsch frei, und der Verlierer *muss* ihn erfüllen. Und außerdem damit leben, dass ihm immer wieder unter die Nase gerieben wird, dass er ein Loser ist. Albern, ja, aber da wir beide, gelinde gesagt, ultraehrgeizig sind, trainiere ich zurzeit ziemlich regelmäßig und bin deshalb so gut in Form.

Ein Grinsen breitet sich auf meinem Gesicht aus. Dann wische ich mit meinem Finger zur E-Mail-App. Ja, ich wollte den Kopf frei kriegen, und ja, ich will diese Wette gewinnen, aber es gibt noch einen Grund, warum ich laufen gegangen bin. Und zwar, um ungestört auf die Kleinanzeigennachricht antworten zu können.

Hey Damian,
ich freue mich sehr, dass Du Dich für den angebotenen Artikel interessierst. Du wohnst also noch bei Deinen Eltern? Wie alt bist Du denn? Sorry, dass ich so unverblümt frage, aber Sextoys an Minderjährige zu verkaufen, das kann mich in Teufels Küche bringen! Brauchst du den für Dich? Und ist das Dein Erster? Ich frag nur, weil er ja schon ne ordentliche Größe hat. Ich werde ihn jedenfalls nicht zurücknehmen, wenn Du dir zu viel zumutest. 😁
Die Sache mit dem Karton ist übrigens kein Problem. Was soll's denn für einer sein? Schuhkarton? Müslipackung? Ich kann auch »Vorsicht! Scharfe Batarangs!« draufschreiben, wegen Damian. 🦇🤡
Egal wie, lass es mich wissen, danach richtet sich der Versandpreis. Btw: Ich brauch noch Deine vollständige Adresse.

Beste Grüße
E.
PS: Eine letzte Frage: Warum Secondhand? Hast du nen Fetisch?

Okay? Ich müsste lügen, wenn ich sagen würde, dass ich mit *so* einer Antwort gerechnet habe. Bis auf meinen seltsamen Versuch, das Eis zu brechen, war ich in meiner Nachricht ziemlich förmlich, der Typ hingegen geht ganz schön zur Sache. Wie schräg ist es bitte, dass er mich fragt, ob der Dildo für mich sei, ob ich vorher schon mal einen benutzt habe und, vor allem, ob ich auf secondhand stehe?!

Plötzlich gehen mir wilde Gedanken durch den Kopf. Ob der den vorher selbst benutzt hat? Das wäre mega eklig. Ich hab gar nicht darüber nachgedacht, dass der secondhand sein könnte. Wer verkauft so was nach Gebrauch weiter? Auf OnlyFans vielleicht, aber doch nicht auf Kleinanzeigen! Und überhaupt, was ist das für ein Typ? Er hat mich sofort geduzt, was entweder bedeuten könnte, dass er ungefähr so alt ist wie ich und mich deswegen nicht siezt oder, und das glaube ich fast mehr, dass der voll der alte Sack ist. Er hat »Du« großgeschrieben. Wer macht so was? Einer, der mit einem gezwungenen *Batman*-Joke sagen will: »Hey, ich bin cool.«

»Sextoys an Minderjährige zu verkaufen, das kann mich in Teufels Küche bringen!«

Noch so 'n Ding. So was schreibt doch keiner, der selbst gerade 17 oder 20 ist, oder? Na gut, er hat aber auch »Btw« geschrieben, was als Einziges dafür spricht, dass er vielleicht doch etwas jünger ist. Eigentlich spielt das Alter ja auch keine Rolle, aber er hat mich nach meiner vollständigen Adresse gefragt, was logisch ist, wenn er das Paket verschicken soll. Und trotzdem bin mir mit einem Mal nicht mehr so sicher, ob ich die wirklich rausrücken will. Die Vorstellung, dass so 'n weirder Opa mir seinen alten, gebrauchten Dildo verkaufen will, jagt mir einen Schauer über den Rücken.

Ich checke, ob es noch andere Angebote auf Kleinanzeigen gibt, aber Fehlanzeige. Oder doch auf einer offiziellen Seite bestellen? Was übrigens kein Problem ist, denn Jugendliche dürfen legal Sexspielzeuge einkaufen. Aber dann gäbe es wieder das Problem mit der Verpackung und dass Mum mit Sicherheit dahinterkommen würde. Der Typ hingegen scheint offen für meine Versandwünsche zu sein, was die Erfolgschancen meines Plans enorm erhöht.

Shit, Mann! Ist das wirklich die einzig realistische Möglichkeit, vor dem Trip an die Ostsee eine Antwort oder zumindest eine Idee auf die Frage um meine Sexualität zu kriegen? Steht es so übel um mich? Aber noch so einen Fail wie vorhin kann ich auf keinen Fall gebrauchen.

Was soll ich tun?

Mein Blick wandert durch den leeren Park, die Sonne ist fast untergegangen. Es ist so ruhig hier, das Gegenteil vom Lärm in meinem Kopf. Dann setze ich mich auf und beginne, eine Antwort zu tippen:

Hi E.,
danke für die schnelle Antwort.
Jap, ich wohne noch bei meinen Eltern, aber ich bin 19. Und keine Sorge: Ich bin sowieso davon ausgegangen, dass die Sendung ohne Retourenschein kommt.
Wenn das okay für dich ist, würde ich dir einen vorbereiteten Karton für den Versand zukommen lassen. Beschrifte ihn einfach so wie jedes andere Paket auch, ich denke, das ist am unauffälligsten.
Wegen der Versandfrage: Ich komme aus 24742 Uferstedt …

Weil ich nicht so richtig einschätzen kann, wer auf der anderen Seite ist, versuche ich, mich so distanziert wie möglich auszudrücken. Bleibt nur noch die Frage nach »secondhand«, die mich quält, also entschließe ich mich dazu, ihm ein paar Gegenfragen zu stellen. Vielleicht kann ich so die nötigen Informationen aus ihm rauskitzeln:

> Hätte da aber auch noch ein paar Fragen und zwar:
> Wie alt bist du denn?

Ob es mich weniger stören würde, wenn der Verkäufer in meinem Alter wäre?

> Und hast du den Dildo wirklich schon benutzt? Ich frag nur, weil du meintest, der ist secondhand?

Ich wollte zuerst noch schreiben »Nichts für ungut, aber das ist schon ein bisschen eklig!«, aber dann würde er eh lügen und behaupten, der sei unbenutzt, deswegen bleibe ich lieber neutral. Außerdem wirkt es weniger offensichtlich, wenn ich diese Frage nicht gleich als Erstes stelle.

> Als Letztes noch: Ist der wirklich so groß? Ich finde, auf den Bildern sieht der eigentlich eher medium aus.

Oh Mann ... Wie fragt man so was, ohne dass es dumm klingt?
Und wie wird das überhaupt gemessen?
Egal ... Da eh kein anderes Angebot in Sicht ist, bleibt mir keine Wahl.

Wir hören uns.

Mit freundlichen Grüßen
Damian

Ich glaube, die Mail ist gut. Distanziert genug, aber mit etwas Glück erfahre ich dennoch etwas über ihn.

Senden.

Kapitel 04: Emil

Ein Klopfen.

»Buffy ist an der Haustür.«

»Oh, okay, Dad. Schick sie einfach hoch!«, rufe ich ihm etwas vorsichtig zu und höre, wie er sich wieder von meinem Zimmer entfernt. Ich seufze.

Einen kurzen Moment später kommt Buffys mädchenhafte, laute Lache näher und näher. »Herr Scheibenhauer! Das müssen Sie beim nächsten Mal unbedingt zu meinem Vater sagen, der wird vom Stuhl fallen vor Lachen! Ja, richte ich ihm aus. Hahaha!«

Ich klappe mein MacBook so weit zu, dass sich der Bildschirm dimmt, als sich meine Zimmertür öffnet.

»Nein, heute nicht. Ich muss später selbst noch lernen. Gute Nacht!« Buffy schließt die Tür hinter sich.

»Hat er dich gefragt, ob du hier übernachten willst?«

»Kann man es ihm verübeln?« Sie richtet demonstrativ ihre Brüste, die von ihrem bauchfreien Oversize-Sweater verdeckt sind.

»Du bist eklig. Er will das doch nicht für sich.«

Sie lässt sich auf mein Bett fallen, und ich rolle mit meinem Drehstuhl dichter zu ihr, weg vom Schreibtisch.

»Miesmacher! Du weißt schon, dass dein Dad heiß ist?«

»Wiederhole: Eklig!«

»Meinst du, du wirst später auch ’n DILF? Immerhin seht ihr euch ziemlich ähnlich.« Sie zückt ihr Handy und beginnt, darauf herumzutippen. Gott sei Dank. So sieht sie meinen nervösen Blick nicht.

»Ich werde nichts dergleichen«, nörgele ich und lege meinen Kopf in den Nacken. »Das D in DILF steht für Dad, und auf kreischende Bälger kann ich gut und gern verzichten.«

»Bullshit. Du *liebst* Kinder. Ich seh doch, wie du es genießt, wenn Lenny dich nervt.«

Ich muss grinsen. Schon fast lächerlich, wie gut sie mich kennt. Lenny ist mein sechsjähriger Cousin, aber seitdem wir umgezogen sind, sehe ich ihn kaum noch. Anfangs kamen meine Tanten uns noch häufig besuchen, aber das wurde immer seltener. Mittlerweile sehen wir uns vielleicht noch ein- bis zweimal im Jahr, obwohl Mum und ihre Schwestern früher unzertrennlich waren. Aber wer hat schon Bock auf zwei Stunden Autofahrt mit Kindern, um in 'nem Kaff zu gammeln, in dem nichts los ist?

»Wie geht's Lenny und Tante Sophie eigentlich?«

»Keine Ahnung«, entgegne ich knapp. »Was willst du überhaupt so spät noch hier?« Meine überzogen gespielte Naivität lässt sie breit grinsen, denn wir wissen, ich kenne die Antwort eh. Buffy kommt regelmäßig spätabends vorbei, um meine Mathehausaufgaben abzuschreiben. Bevor sie also antworten muss, bin ich bereits aufgestanden, ziehe meinen Block unter dem MacBook hervor und werfe ihn vor sie aufs Bett.

»Du rettest mir wie gewöhnlich den Arsch! Wenn das so weitergeht, bestehe ich Mathe noch mit 'ner 2!« Ihr zutiefst seliges Lächeln beweist, dieses Mädchen hat keine Skrupel. Absolut gar keine.

»Bleib nur auch brav während der Klausur per WhatsApp erreichbar, klar?«, fordert sie und zieht den dicken, lilafarbenen Kugelschreiber aus ihrer löchrigen Jeansshorts und beginnt, die Ergebnisse zu kopieren.

»Und was ist für mich dabei drin?«, murmle ich, obwohl ich weiß, ich werde ihr sowieso helfen, auch wenn sie so nichts lernt. Schließlich kommt keiner dadurch zu Schaden, und ich schwöre, sollte sie beruflich mal Raketenflugbahnen berechnen wollen, werde ich einschreiten.

»Na, im Austausch besänftige ich deinen Dad!« Lasziv klemmt sie den prallen Plastikstift zwischen die Lippen.

Ich kann nicht anders als zu lachen, und sie lacht mit. Aber so blöd das auch klingt, sie hat recht. Wäre sie am Samstagabend nicht mit Kevin aufgetaucht, wäre hier zu Hause alles komplett eskaliert, da bin ich mir sicher.

Ich öffne das Fenster und kicke die Zugluftrolle vor den Spalt meiner Zimmertür. Buffy zögert nicht, schraubt ihren Kugelschreiber auf und zückt einen Joint, den sie immer darin versteckt. Zu Hause raucht sie nie. Eigentlich raucht sie nirgendwo außer bei mir. Vielleicht hängt sie deswegen ständig bei mir rum, weil meine Eltern eine »Dein-Zimmer-Dein-Reich«-Politik haben. Jedenfalls galt das bis letzten Samstag.

Ich schmeiß mich wieder auf den Drehstuhl, und sie gibt mir den Joint. Dann, als sich unsere Finger treffen und sie diese Berührung wieder einen winzigen Moment zu lang hält, meine ich zu wissen, dass sie nicht nur wegen des Rauchens dauernd hier ist. Nein. Sie weiß von allen am längsten, dass ich auf Typen stehe. Es ergibt keinen Sinn. Ich weigere mich, weiter darüber nachzudenken, nehme einen tiefen Zug und gebe ihr die Lunte zurück.

»Was hast du eigentlich bis gerade gemacht?« Sie nickt zu meinem Schreibtisch, auf dem mein halb zugeklapptes MacBook liegt. »Gehst du wieder deiner Felix-Mallard-Besessenheit nach?«

»Ich bin nicht *besessen*!«

»Und dir Hunderte Folgen einer australischen Soap anzuschauen, nur um zu thirsten, nennst du selbst … wie?«

»Hingabe. Hingabe zu meinem Projekt, alles über ihn herauszufinden.«

»Du bist hoffnungslos.«

Während Buffy weiterschreibt, kämpfe ich mit mir, ob ich

ihr davon erzählen soll. Und obwohl ich eigentlich weiß, dass es etwas ist, das ich nur für mich haben will, abseits von ihr, da wir sonst wirklich alles teilen, kann ich mir nicht sicher sein, ob *er* es ihr nicht schon längst erzählt hat.

»Ich…«, fange ich zögerlich an. Dann setz ich mich wieder an meinen Schreibtisch und klappe bestimmt das MacBook auf. »Ich hab 'ne Mail wegen des Kleinanzeigen-Dildos.«

»Kleinanzeigen-Dildo?« Buffy legt den Stift ab und schaut verwirrt auf. »Was für ein Kleinanzeigen…?« Doch dann scheint es ihr selbst wieder einzufallen. »Du verarschst mich! Aber wie …?«

Offensichtlich hat er ihr nichts davon erzählt. Tja, zu spät. Ich klicke kurz umher, bis sich die Anzeige öffnet, und reiche ihr das MacBook. Sie klemmt sich den Joint zwischen die Lippen und liest.

»Aber das war doch nur so dahergesagt! Als Joke: Wie wirst du die Sextoys los, die dein Dad gefunden hat? Setz sie halt bei Kleinanzeigen rein. Ein JOKE!« Ihre Miene wechselt schlagartig von Ungläubigkeit zu Ekel: »Oder ist das 'n neuer Fetisch von dir?«

Ich schaue sie mit hochgezogenen Augenbrauen an. Ich mein, ernsthaft?

Sie nimmt einen tiefen Zug und reißt die Augen auf. »Was? Bei euch Gays weiß man nie! Du willst aber nicht ernsthaft wem deinen benutzten Wabbelklaus verkaufen?!«

Angewidert verziehe ich das Gesicht. »Eww, Buffy! Nein, Mann!« Ich halte kurz inne, denn ich weiß, jetzt muss ich vorsichtig sein. »Hat Kevin dir nichts erzählt?«

Große Augen, leerer Blick. Okay, sie weiß von nichts. Oder es ist das Weed. Kann auch sein. Egal, halt dich einfach an die Fakten und den Ablauf der Dinge, Emil.

»Als du und Kevin Samstagabend vorbeigekommen seid ...«

»Sag das nicht so daher! Es war fünf Minuten vor Satisfaction-Action, als deine SOS-WhatsApp uns unterbrochen hat.«

Hätte ich gewusst, dass Kevin bei ihr war, hätte ich sie nie im Leben gebeten vorbeizukommen.

»Okay, als du und Kevin vorbeigekommen seid, um mich in der größten aller Nöte zu retten, habt ihr ja mitbekommen, was los war.« Allein die Erinnerung treibt mir die Schamesröte ins Gesicht. Meine Eltern gehen nie zu mir rein. Diese »Dein-Zimmer-Dein-Reich«-Politik ist nicht nur irgendeine Floskel, sondern ein Gesetz! Jedenfalls habe ich das gedacht, bis ich abends vom Spiel gegen die Rotenheimer Füchse nach Hause gekommen bin und meinen Dad vollkommen am Ausrasten vorgefunden habe, weil er mein ... na ja, meine Sextoys gefunden hat. *Finden* musste man da eigentlich nichts, da sie auf meinem Bett verteilt lagen. Vor 'nem großen Spiel mach ich mich einfach gern locker. *Aufwärmen und Dehnen*, das sagt doch selbst der Trainer.

Aber wie auch immer, wir hatten diese Regel: Ich mache in meinem Reich, was *ich* will. Außerhalb mache ich, was *sie* wollen. Diese Regel hatte Bestand und super funktioniert. Warum musste Dad also alles kaputt machen und wie Thanos in mein Reich einmarschieren? Ernsthaft, bei Dads Geschrei wollte ich mich nur in Staub auflösen. Während Mum versucht hat, ihn zu besänftigen, habe ich Buffy die SOS-WhatsApp geschickt. Wenn Buffy da ist, ist Dad immer die beste Version seiner selbst. Als sie dann aber mit Kevin im Schlepptau aufgetaucht ist, ist die erhoffte Besänftigung meines Vaters vorerst ausgeblieben. Er schwieg zumindest – trotz zitternder Fäuste. Ein zähneknirschendes »Sieh zu, dass du das ganze Zeug loswirst«, und er ist mit Mum im Wohnzimmer verschwunden.

»Ich hab Kevin noch nie so baff gesehen«, prustet Buffy laut, »aber das kann man ihm wohl kaum verübeln. Stell dir vor, wegen 'nem Toy-Notfall deines besten Stürmers musst du auf Sex verzichten.«

»Hat er das gesagt? Ich sei sein bester Stürmer?«

»Ach komm schon, das wissen wir doch alle. Geratet ihr nicht deswegen dauernd aneinander? Weil er neidisch ist?«

Danke! Meine Rede.

»Keine Ahnung, ich glaub, er mag mich einfach nicht.« Nein. Eigentlich glaube ich das nicht. Oder ich hoffe es nicht. Aber es scheint mir irgendwie richtig, das zu sagen. »Jedenfalls haben wir noch ein bisschen rumgesponnen, nachdem du abgekackt bist.«

»Hey, wir waren schon angetrunken, und ich hatte zwei von denen hier!« Sie wedelt mit dem runtergebrannten Joint, und ich hab Schiss, dass die Glut gleich auf meiner Bettdecke landet. Wenigstens würde mein hochroter Kopf in den Flammen nicht mehr so auffallen.

»Er meinte … Wir haben uns wegen deines Kommentars mit Kleinanzeigen gefragt … also, dass es bestimmt Leute gibt, die so was gebraucht kaufen. Wie du schon gesagt hast, es gibt doch für alles 'nen Fetisch.« Ich lache verlegen.

Buffy atmet scharf ein. »Also habt ihr das Teil echt reingestellt?! Ekelhaft!«

»Chill, ich verschick's doch nicht wirklich! Wir wollten nur rausfinden, wer sich daraufhin meldet.«

»Und?«

»Was, und?«

»Na, wer hat sich gemeldet? Du hast doch vorhin gesagt, du hast 'ne Mail wegen des Kleinanzeigen-Dildos bekommen?!«

»Ach so, ja. Er heißt Damian. Wie Damian Wayne, Batmans Sohn.«

»Komisch, das ist doch kein Name für 'nen alten, perversen Sack. Oder es ist ein Nickname.«

Die Worte sprudeln aus mir, denn endlich ist jemand da, mit dem ich mein Gedankenkarussell reiten kann. »Dachte ich auch erst, aber er schreibt, er sei 19. Kann ja jeder sagen, denkst du dir vielleicht, aber das ergibt schon Sinn! Damian passt zu 'nem 19-Jährigen, oder? Er sagt, er lebt noch bei seiner Mutter, und ich soll es an ihn schicken, mit extra Verpackungswünschen und so, voll seltsam! Jedenfalls muss doch der Empfänger aufs Paket, und wenn das nur ein Nickname ist, käme es doch noch komischer bei seiner Mum an. Kann das Paket dann überhaupt zugestellt werden? Also nehme ich an, dass er wirklich Damian heißt und 19 ist. Er kommt aus Uferstedt! Hab ich das schon gesagt?«

»Jooooo, hol mal Luft! Du bist ja ganz aufgeregt.« Buffy lacht nicht, wie sie es sonst tut, wenn ich mich begeistert in Dinge reinsteigere. Sie drückt die Lunte aus und hält kurz inne. »Damian, 19, aus Uferstedt. Wo ist das?«

»Zwei Stunden von hier«, kommt viel zu schnell, wie aus der Pistole geschossen. Ja, ich hab direkt auf Maps nachgesehen.

»Und Instagram?«

»Kein Ergebnis. Nicht mal bei Facebook gibt's 'nen Damian aus Uferstedt.«

»Scheint ja 'n Winzkaff zu sein.«

Noch immer schaut sie fast finster drein, und ich spüre, wie sie mit sich selbst ausmacht, ob sie die ganze Sache superspannend findet und sich da reinhängen will oder es als blödsinnige Zeitverschwendung abtut. Bei ihr gibt's nur diese beiden Modi.

»Was sagt Kevin dazu? Komisch, dass er mir gar nichts davon erzählt hat.«

»Ja, vermutlich war er selbst so besoffen, dass er sich gar nicht mehr dran erinnert. Ich hab auch jetzt erst wieder durch die Mail daran gedacht.«

Lüge. Ich hab die ganze Woche schon daran gedacht. Ich bin immer davon ausgegangen, Kevin mag mich nicht, und hab's darauf geschoben, dass ich so close mit Buffy bin, aber Samstagabend, als sie zugedröhnt eingeschlafen ist, war da etwas. Ein Moment. Ich kann's nicht wirklich beschreiben. Als wir uns Montag in der Schule wiedergesehen haben, war alles beim Alten. Kein Wort zu viel, oberflächliches Gerede wie immer, und dann diese unnötig brutale Grätsche beim Training gestern. Als hätte es Samstagabend nicht gegeben.

Ich hab das Gefühl, die Tatsache, dass Kevin nicht weiter involviert ist, hat die ganze Sache wieder spannender für Buffy gemacht. Ihre vollen Lippen formen nun ein verschmitztes Grinsen, als sie sagt: »Lass uns rausfinden, wer dieser Damian ist!«

Ich bin irgendwie erleichtert. Wenn Buffy an Bord ist, ist Kevin raus. Das macht alles einfacher und weniger verwirrend. Ich geb zu, der Gedanke, mit Kevin dieses Ding zu haben, war reizvoll. Ein kleines, geheimes Projekt. Aber wenn ich ehrlich zu mir bin, allein der eine Abend mit ihm hat mich völlig aus der Bahn geworfen. Nein, das hier ist 'ne Buffy-Emil-Sache. Wie in der Achten, als wir den stillen Paul gecatfisht haben, um zu schauen, ob er schwul ist, und als wir rausgefunden haben, dass wir falsch lagen, haben wir ihn mit *SoraSky2006* verkuppelt, weil es uns leidgetan hat. Zu meiner Verteidigung muss ich sagen, dass die Initiative dazu von Buffy ausgegangen ist. Und technisch gesehen ist auch dieses Mal ihr Kleinanzeigenwitz die Wurzel allen Übels, oder? Okay, meine Neugier, der Nervenkitzel und Kevin sind vermutlich auch nicht ganz unschuldig.

»Und wie sollen wir das rausfinden?«

Sie setzt sich auf und beginnt zu grübeln. »Was weißt du denn noch von ihm?«

Ehe ich dazu komme, nachzudenken, hat Buffy mein MacBook auf dem Schoß und in null Komma nichts meine Mails offen.

»Hey, das ist privat!«, rufe ich reflexartig. Schwachsinn, da steht nichts Privates drin.

»Okay, in deiner Mail an ihn wirkst *du* wie ein alter Creep.«

»Hey!«

»Das hast du nicht echt geschrieben.«

»Was?« Langsam werde ich nervös und widerstehe nur mit Mühe dem Drang, ihr das Notebook wegzureißen.

»Du fragst ihn, ob er den selbst benutzen will, und dann dieser Damian-*Batman*-Witz? Fledermaus-Emoji, Clown-Emoji. Ich hoffe, du weißt, wie creepy du bist. Falls nicht, hör's von deiner besten Freundin: *verdammt* creepy!«

»Schon gut, schon gut!« Ich werfe mich zurück in die Lehne meines Stuhls und schließe die Augen. Vielleicht war das Ganze doch keine gute Idee. Je länger Buffy liest, desto weniger Lust habe ich, weiter mit Damian zu schreiben. Es fühlt sich an, als würde sie das Projekt an sich reißen.

»*Damian XVII*. Pff, der spielt doch locker *Final Fantasy*.«

Ich grinse. So nervig einnehmend sie manchmal auch sein mag, wir ticken gleich, und das liebe ich. »Locker.«

»Was ist, wenn wir einfach warten, bis wir seinen vollen Namen und seine Adresse für den Versand bekommen?« An ihrer Betonung höre ich, dass sie selbst nicht ganz überzeugt von dem Vorschlag ist.

Und ich kann ihr sagen, warum: »Hatte ich auch schon überlegt, aber wenn er nicht bei Facebook ist, bringen auch Name und Anschrift nichts.« Aber jetzt, wo ich noch mal drüber nachdenke ... »Vielleicht kriegen wir über Ausschlussverfahren seine Schule raus? Ich meine, den Wohnort haben wir ja, und zig Schulen wird's da nicht geben. Wenn die Schulwebsite Jahrgangsfotos online hat? Oder vielleicht ist er in 'nem Sportverein?«

»Ich hab's«, ruft Buffy, als ihr Handy vibriert, und ich sitze plötzlich kerzengerade.

»Wie jetzt?«

»Dass du da nicht früher draufgekommen bist, haha.«

»Nun rück raus mit der Sprache!«

Ohne ein Wort zu sagen, zeigt sie mir ihr Handy. Kevin hat ihr geschrieben:

Und neben dieser Nachricht: sein Profilbild.

»Ich ... ich brauch seine Handynummer!«

»Genau! Darüber kommen wir an sein WhatsApp-Profilbild, und schon haben wir die Lösung unseres kleinen Experimentes: ein genaues Bild davon, wer, bitte schön, Sextoys bei Kleinanzeigen kauft.«

Ein Gefühl der Erleichterung überkommt mich, denn, wenn ich ehrlich bin, hatte ich mich gedanklich schon davon verabschiedet herauszufinden, wer Damian ist oder wie er aussieht. Kurz frage ich mich, ob das nicht besser für uns beide wäre –, wenn ich einfach nicht antworte.

»Oh, never mind«, unterbricht Buffy meinen Gedanken. »Er fragt dich ja selbst, ob du dir das Teil schon mal reingeschoben hast! Er ist genauso creepy wie du! Ihr verdient euch beide!«

Ich grinse, und das Lächeln bleibt.

Ja, vielleicht tun wir das. Wer weiß das schon.

Kapitel 05: Damian

»Yeah! Sieg Nummer 12!« Lucas euphorisches Geträller hämmert durch die Kopfhörer auf mein Trommelfell ein. »Was ist denn los mit dir, Dami? Du kämpfst heute echt wie ein kleines Mädchen! *So* schlecht hast du seit Ewigkeiten nicht mehr gespielt!«

»Maaaann, so 'ne Scheiße!«, entgegne ich genervt und werfe den Controller meiner Switch vom Bett. Ich bereite mich schon auf den nächsten dummen Spruch vor, den ich mit Sicherheit gleich kassieren werde. Es wäre untypisch für Luca, einen Sieg, gerade wenn er so haushoch ausfällt, nicht noch weiter auszukosten. Vielleicht sollte ich ihn einfach für die nächsten dreißig Sekunden auf *mute* stellen?

»Na ja, kann verstehen, dass es entmutigend sein muss, so oft nacheinander zu versagen. Nach der fünften Niederlage hätte ich auch keinen Bock mehr.«

Ich schnaufe hörbar. Sein arroganter Tonfall geht mir heute mehr auf den Sack als sonst.

»Och, Dami, ist doch nicht so wild. Sieh's mal so: Hier zu verlieren bereitet dich nur auf den Ausgang unserer Wette vor.«

»Ach komm, halt die Schnauze. Unterbiete du erst mal meine Zeit, und dann können wir weiterreden.« Okay, guter Anfang für einen Konter. »Ich bin heute nur nicht so bei der Sache, weil ...«

Ich den ganzen Tag über die Frage nachgedacht habe, ob ich auf Schwänze stehe, wäre die ehrliche Antwort, die ich natürlich nicht ausspreche.

»... ich meine Zeit dem Training gewidmet hab und voll k. o. bin!«

»Ja, genauuuu. Red dir das ruhig weiter ein.«

Es ist seltsam: Obwohl ich mich gestern kaum auf Emma konzentrieren konnte und sogar während des Rummachens an den süßen Eisverkäufer denken musste, bekomme ich bei Luca jedes Mal das Gefühl, doch total hetero zu sein. Er sieht schon gut aus, aber ich kann mir mit ihm wirklich *gar nichts* vorstellen. Und wenn ich Interesse an Jungs hätte, dann müsste ich meinen gut aussehenden besten Freund doch wenigstens ein bisschen attraktiv finden, oder? In Serien mit schwulen oder bisexuellen Teenagern ist das schließlich immer so: der Junge, der sich in seinen besten Freund verknallt, der aber zufällig mit einer gemeinsamen Freundin zusammen ist. Drama, Drama.

Plötzlich spüre ich, wie mein Handy neben mir vibriert, und ich bin, ehrlich gesagt, dankbar für die kurze Unterbrechung. Auch wenn ich normalerweise echt Spaß an den Machtkämpfen mit Luca habe, hat mich der Tag ziemlich ausgelaugt. Meine Nerven sind angespannt, und ich fühle mich, als würde ich aggressiver reagieren als sonst.

»Jo, Luca. Ehm, ich würde dir gerne noch Ewigkeiten dabei zuhören, wie du dich über mich lustig machst, aber ich muss jetzt Schluss machen. Vivi hat mir gerade geschrieben, sie braucht Hilfe bei ihren Hausaufgaben.« Ich versuche, normal zu klingen.

»Es ist so weird, dass eure Zimmer mehr oder weniger direkt nebeneinanderliegen und ihr euch dauernd über WhatsApp schreibt.«

Zum Glück kauft er mir das ab und fragt nicht weiter nach, denn bei der Nachricht, die ich gerade bekommen habe, handelt es sich keineswegs um einen Hilferuf von Vivi.

»Na gut, dann hau rein. Wenn du dich später in den Schlaf weinst, denk an mich, Babe!«

»Gute Nacht, Luca.« Wenn der morgen in Bio abschreiben

will, kann er mich mal gernhaben. Ich nehme einen Schluck vom zweiten Energydrink heute Nacht und lenke meine Aufmerksamkeit auf die neue Mail in meinem Postfach. *E.* hat geantwortet.

Ich merke, wie sich mein Puls auf die doppelte Geschwindigkeit erhöht. Meine Genervtheit ist verschwunden und wurde durch eine Mischung aus Aufregung und Unbehagen ersetzt. Was er wohl schreibt? Hoffentlich nichts, was so seltsam ist, dass ich das Ganze abbrechen muss.

Ich seufze entmutigt, weil ich genau weiß, dass das auf keinen Fall in Frage kommt. Als hätte ich eine Wahl. Übernächste Woche geht's schon mit Emmas Family an die Ostsee, und bis dahin brauche ich eine Antwort. Oder wenigstens eine Spur mehr Klarheit. Um zu vermeiden, dass so ein Reinfall wie gestern Nachmittag noch mal passiert. Ein weiterer Versuch ist also ausgeschlossen. Mein Herzschlag pumpt unangenehm stark in meiner Brust.

Das muss einfach klappen.

Nervös tippe ich auf die Mail und frage mich, ob eine Entscheidung gegen den zweiten Energydrink die bessere gewesen wäre.

Hey Damian, 🦇

Wieder dieses bescheuerte Fledermaus-Emoji.

gut zu wissen, wer auf der anderen Seite sitzt. Zu mir: Ich bin 21 und heiße Enno. Irgendwie weird das alles hier haha. 😅

21, ja? Misstrauisch lese ich die Zeilen erneut. Keine Ahnung, ob »Enno« die Wahrheit sagt, trotzdem macht sich ein Schwall Erleichterung in meiner Brust breit. Wenn der Typ wirklich erst 21 ist, würde sich das alles hier weitaus weniger merkwürdig anfühlen, und ich mich etwas sicherer. Mir gehen zig Fragen und Gedanken durch den Kopf, die diese Aussage entkräften wollen, doch ich entscheide mich dafür, noch einen Moment lang an dem angenehmen Gefühl festzuhalten.

Um ehrlich zu sein, das mit dem Karton ist schon ziemlich umständlich, oder? Ich denke, den nachzubauen ist leichter. Möchte auch ungern meine Adresse rausgeben – nicht dass das Ganze hier nur ein Scam ist. 👀

Seine Adresse will er nicht rausrücken, aber fragt mich in seiner letzten Mail nach *meiner*?

Wie wär's damit: Du schickst mir einfach ein Foto von dir mit dem Karton (wegen dem Größenverhältnis), und ich send dir eins mit meinem Nachbau zurück, damit du noch mal checken kannst, ob das so klargeht. Am besten über WhatsApp, dann geht die Kommunikation schneller. Will hier auch nicht endlos rumschreiben. Macht's irgendwie anstrengend. Außerdem meintest du ja, es sei dringend, oder?
Meld dich.

Enno
PS: Was wäre dir denn lieber? Benutzt oder unbenutzt?

PPS: Also wenn dir dieses Modell klein vorkommt, dann bist du entweder Größeres gewöhnt (was ich bezweifle, wenn du schon so vorsichtig beim Kauf von Toys bist, no offense), oder du bist selbst ziemlich gut bestückt. Interessant. 😛

What the fuck. Diese Mail ist so anders als die vorherige, dass es mir fast schwerfällt zu glauben, dass sie von derselben Person geschickt wurde. Dieses Mal wirkt alles echter, authentischer und weniger creepy, als könnte es wirklich von einem »21-jährigen Enno« geschrieben worden sein.

Aber dann die letzten Zeilen ... HÄ?!

Die lösen ein richtiges Gefühlschaos in mir aus. Auf der einen Seite will ich ihm ein »Jo, schalt mal 'nen Gang zurück« antworten, weil das einfach ultrakomisch ist! Der kennt mich doch überhaupt nicht, wieso würde man so was an einen Fremden schicken? Oder ist Kleinanzeigen auch schon zu einer Dating-Plattform mutiert? Auf der anderen Seite finde ich die Vorstellung, dass mir ein 21-Jähriger so was schreibt, auch ... ein bisschen sexy?

Stopp, Damian! Ich sollte so was nicht denken! Ich hab doch Emma!

Ich seufze. »Shit, Mann!«

Mein Handy vibriert erneut. Eine weitere Mail!

Sorry zum PS: Ich meine nur, ich hätte beides hier. Kann dir benutzt oder unbenutzt schicken. 👀

Ist der Typ ein autorisierter Dildo-Händler, oder wie soll ich das verstehen? Hat der ein ganzes Arsenal an Sexspielzeugen?

Ehe ich mir darüber Gedanken machen kann, schießt die nächste Nachricht in mein Postfach:

> Sorry zum PPS: Keine Ahnung, was mit mir los war. 😩 Die ganze Situation ist einfach irgendwie weird. 😅

So. Viele. Emojis.

Aber same, Bro! Genauso sehe ich das auch. Ich kann nicht genau sagen, woran es liegt, aber die letzte Nachricht von Enno vermittelt mir: Wir beide sitzen im selben Boot. Zumindest fühlt es sich so an. »Was soll's!«, flüstere ich und gebe dem Impuls der Neugier nach:

> Hey Enno,
> ja, Mann! 😅😅
> Es erleichtert mich ein bisschen, dass es dir auch so geht, haha. Meine Nummer ist 017[redacted]. Schreib mir, dann können wir alles Weitere bei WhatsApp bequatschen. 😊
>
> Bis später dann,
> Damian ✌🏼

Extra viele Emojis, um seinen Nachrichten gerecht zu werden. Ich überfliege die letzte noch mal, ehe ich meine Antwort abschicke. *Und wenn er doch nicht 21 ist?* Ich kenne echt niemanden in meinem Alter, der so schreibt. Das machen eher Eltern.

Ach, ist auch egal: Falls sich das Ganze hier doch als Verarsche entpuppen sollte, kann ich den Typen immer noch blockieren, meine Nummer wechseln und so tun, als sei das hier nie passiert.

Puh ... Ist das alles stressig. Ich bin es nicht gewohnt, mir so hochfrequent den Kopf zu zerbrechen. Bisher war alles immer ziemlich klar. Aber seit mich diese elendigen Fragen um meine Sexualität heimsuchen, weil mein Körper meint, er müsse sich auf einmal fürs andere Ufer interessieren, ist alles nur noch anstrengend.

Trotz des Energydrinks überkommt mich schlagartig eine Welle der Müdigkeit. Ich glaube, ich mache noch mal *ONE VOICE* an, um auf andere Gedanken zu kommen. Der Film kann einfach nebenher dudeln, weil ich den eh schon 400-mal gesehen habe.

Nachts kann ich am besten abschalten, weil ich mich erst richtig entspannt fühle, wenn Mum und Vivi pennen. Ich weiß, Mum meint es nur gut, und ich glaube, ihr Drang, ständig alles wissen und kontrollieren zu wollen, rührt daher, dass sie als alleinerziehende Mutter mit zwei adoptierten Kindern immer das Gefühl hat, sie müsse besonders perfekt sein. Ich versteh's irgendwie, aber trotzdem brauche ich meinen Freiraum.

Gerade, als ich den Arm nach meinem Laptop ausstrecke, um den perfekten Comfort-Watch einzuschalten, vibriert mein Handy.

Ehm ... Okay, mit so einer schnellen Reaktion hab ich nicht gerechnet. Die WhatsApp-Nachricht kommt von einer ungespeicherten Nummer, der Name dahinter ist tatsächlich Enno.

Fuck ... Irgendwie weiß ich gerade nicht, wie ich das finde. Gut? Oder wäre es mir lieber gewesen, wenn er sich etwas mehr Zeit gelassen hätte? Nach der impulsiven Entscheidung, ihm meine Nummer zu schicken, dachte ich, das war's für heute, und wollte den Rest des Abends eigentlich entspannt ausklingen lassen. Tja, aber daraus wird wohl nichts. Ich richte den Blick aufs Display. Soll ich einfach so tun, als würde ich schon schlafen? Aber es ist noch keine fünf Minuten her, seit ich die Mail abgeschickt habe. Das wirkt unglaubwürdig … Und weil ich Genie direkt draufklicken musste, sieht Enno jetzt auch, dass ich die Nachricht gelesen habe. Super.

Mein Herz pumpt unnormal stark, und ich bin wieder hellwach.

Faule Ausrede, aber jetzt, wo er meine Nummer und meinen Wohnort kennt, muss er nicht auch noch wissen, wie ich aussehe. Trotzdem sollte ich nicht zu distanziert rüberkommen, oder?

DAMIAN

Kenn keinen, der so gerne Tier-Emojis benutzt 🦇🐸

😂😂

ENNO

Haha sorry 😼

DAMIAN

Theoretisch geht das klar mit dem Foto, aber vielleicht leg ich einfach ein Maßband daneben? Du weißt schon, für das Größenverhältnis 😄

Muss da nicht unbedingt selbst mit drauf aufs Bild. Hoffe, du bist nicht angepisst, nur die Situation ist so schon seltsam genug haha

ENNO

Ist sie das? Find ich gar nicht 👼 Kaufst du etwa deine Dildos sonst nicht auf Kleinanzeigen? 🤪

DAMIAN

Na ja, jetzt, wo du fragst

Ich hab meine Secondhandsammlung ursprünglich mal auf'm Flohmarkt gestartet! Die haben echt gutes Zeug, denkt man gar nicht! Aber je öfter du dahingehst, desto mehr Leute kennen dich, und dann wird es schwer, die Anonymität zu wahren!

Deswegen Kleinanzeigen, weißt du? 🤪

ENNO

Kenn ich. Same Story. Kauf meine Boxershorts jetzt auch nur noch bei Vinted. Diese neugierigen Flohmarktgänger*innen immer 😡

DAMIAN

Wahre Worte. Kein Anstand mehr, die Leute!

ENNO

😂😂 BOY! Vergessen? Ich bin der, den du nervös angeschrieben hast, ob ich dir helfe, den Knüppel an deiner Mum vorbeizuschmuggeln. Bin mir ziemlich sicher, das ist dein erster 😏

DAMIAN

Erwischt 😅 Deswegen vielen Dank für deine Hilfe 🙏

Wie charmant von mir, dass ich mein Interesse an einem Kleinanzeigen-Dildo auf Emma abwälze. Aber hey, es gibt Schlimmeres als experimentierfreudig zu sein, oder? Ich frage mich, ob sie das auch in Wirklichkeit ist. Tja, das werde ich wohl nie herausfinden, wenn ich weiterhin wie ein Hühnchen jeder noch so minimal pikanten Situation panisch ausweiche. Ich weiß auch nicht, warum ich Enno nicht einfach geschrieben habe, dass der Dildo für mich ist. Denn so, wie es aussieht, hielt er mich bis eben eh für 'nen Homo.

Er ist generell ganz schön sexuell unterwegs, aber was erwarte ich auch von jemandem, der Sextoys vertickt? Trotzdem! Ich war davon überzeugt, dass sich diese absurde Situation weitaus unangenehmer und *steifer* … anfühlen würde, aber bis auf die Tier-Emojis wirkt Enno eigentlich ganz cool. Es fällt mir unerwartet leicht, mit ihm zu schreiben. Ich will mich nicht zu weit aus dem Fenster lehnen, aber ich würde sogar sagen, dass mir das Gespräch Spaß macht, und das ist, was das Thema Sex angeht, in letzter Zeit eher die Ausnahme. Wenn Vivi mich mit ihren versauten Boys-Love-Storys volllabert, würde ich sie manchmal gern k. o. boxen, aber als großer Bruder darf man das leider nicht. Und mit Emma bin ich momentan so verkrampft. Warum fühlt sich das hier dann so easy an?

Ich schiebe meinen Laptop beiseite und lehne mich entspannt zurück. Mal sehen, ob ich eine Nachricht verfassen kann, die das Gespräch weiter in diese Richtung treibt.

Eine ungewohnt kurz gehaltene Antwort. Ging das zu weit? Aber im Vergleich zu dem, was er vorher geschrieben hat, war das doch harmlos, oder? Bevor ich voreilige Schlüsse ziehe, schreibe ich:

ENNO

Sorry, meine beste Freundin hat gerade angerufen und holt mich gleich ab

Wollen noch mal raus

btw ihr boyfriend hat auch ne weirde Obsession mit Dildos 🤭

Ist das nicht normal bei Jungs? Ich mein, Mädchen betasten und besprechen doch auch ihre Brüste untereinander, oder?

DAMIAN

Was echt? Krass haha

Also Girls schon, aber bei den Jungs klingt das, was du da erzählst, bisschen nach nem Paralleluniversum. Zumindest, was meine Schule angeht 😅

ENNO

KEINE AHNUNG ICH BIN GAY, OKAY?! 🐸🤣

DAMIAN

Aber voll nice, dass dein Kumpel und seine Freundin da so entspannt sind 😁

ENNO

Sorry, ich muss los 🙄 Buffy ist da und mein Akku fast leer

Mhmm, nervig. Ich hätte gerne noch weiter mit ihm geschrieben. Wer geht überhaupt unter der Woche so spät noch raus? Es ist doch bestimmt schon … Mein Blick springt zur rechten oberen Ecke meines Handys. Uff, was?! Wieso ist es schon nach zwölf? Wie schnell ist die Zeit bitte verflogen?

Ich swipe auf WhatsApp nach unten und sehe, dass Emma mir schon vor über einer Stunde 'ne Nachricht geschickt hat.

Oh Mann … Ich hab gar nicht mitbekommen, dass sie mir geschrieben hat. Ein toller Freund bin ich … Ein Anflug von schlechtem Gewissen breitet sich in meiner Brust aus. Soll ich ihr noch schnell antworten? Aber was denn? Wenn ich ehrlich bin, möchte ich gerade lieber nicht mit zu ihr nach Hause gehen. Vielleicht lade ich sie zu was anderem ein? Egal, darüber zerbreche ich mir morgen früh den Kopf. Ich weiß, dass das nicht das tollste Verhalten ist, aber ich will lieber noch ein bisschen über den Chat mit Enno nachdenken. Er hat also einen Kumpel, der auf Frauen steht und trotzdem neugierig ist, wie es sich mit einem Dildo anfühlt?

Meine Gedanken verschwimmen, und ich merke, wie meine Lider schwer werden. Tja, Energydrinks, ihr habt keine Macht mehr über mich.

Kapitel 06: Emil

Ich öffne meine Augen, und neben mir in meinem Bett liegt Buffy. Nackt. In meiner Nase der Gestank von Ruß. Ein Stechen in meiner Schläfe, und ich kneife die Augen zusammen. Wer auch immer die Formulierung »Schädelbrummen« erfunden hat, hatte keine Ahnung, wie sich ein Kater wirklich anfühlt, oder war zumindest noch nie in *meinem* Kopf. Vermutlich auch besser so. Da gibt es Dinge, die sollte lieber niemand wissen. Erst recht nicht Buffy. Nicht nach gestern Nacht.

Ohne einen Mucks zu machen, greife ich nach meinem Handy auf der Ladestation. Es ist 12.37 Uhr. Keine neuen Nachrichten. Aus irgendeinem Grund denke ich an Damian und bin etwas enttäuscht. Insgeheim hab ich gehofft, dass er mir doch noch ein Foto von sich schickt, aber nichts.

Gedankenverloren öffne ich unseren Chat, und mir gefriert das Blut in den Adern.

FUCK!

Eine Sprachnachricht. Von mir. An Damian Fledermaus-Emoji, um 5.12 Uhr morgens. Wieso erinnere ich mich an nichts? Und direkt der nächste Stich in meinem Schädel. Klar, der Alkohol. Aber … Was jetzt? Ich kann sie nicht löschen oder zurückziehen, beide Haken sind schon blau. Er hat sie gehört. Aber wieso hat er nicht darauf geantwortet? Was hab ich überhaupt gesagt? Ich kann mich beim besten Willen nicht daran erinnern! Zögernd schaue ich zwischen meinem Handy und der schlafenden Buffy hin und her. Keine Chance, dass ich die Nachricht anhören kann, ohne dass sie aufwacht. Aber auch keine Chance, dass ich sie mithören lasse, was ich betrunken, morgens um 5 Uhr gelallt habe, bevor ich es selbst nicht weiß. Das Letzte, woran ich mich erinnern kann, ist Kevin. Verdammter Kevin mit seinem überheblich schiefen Grinsen. Und an Buffy im Tiefschlaf auf einem Strandstuhl neben uns am Lagerfeuer. Ich rieche an meinem Handrücken, und selbst meine Haut stinkt noch nach Ruß. Mein Handy lasse ich auf meine Brust gleiten und schließe die Augen. Was ist gestern geschehen?

***

Buffy hat mich abgeholt, um zu machen, was jeder vernünftige Mensch machen würde, wenn Freitag frei ist: Party. Unsere Schule hat uns ein langes Wochenende geschenkt, und es stand Bens Geburtstag auf dem Plan, und *natürlich* war Captain Kevin auch da. Als wir aufgeschlagen sind, habe ich direkt einen distanzierten Blick von ihm kassiert. Aber das kenne ich ja schon. Sofort hat er seinen massiven Arm um Buffy gelegt, als müsse er mir gegenüber klarstellen, dass sie zu ihm gehört. Da hat wohl noch wer bemerkt, dass er von Buffy nicht dieselbe Zuwendung bekommt wie ich. Jedenfalls sonst nicht, denn dieses Mal hat sie die Aufmerksamkeit ihres Boyfriends sichtlich genossen, weswegen ich direkt auf das restliche Fußballteam zugesteuert bin. Meine Ankunft wurde mit Grölen gefeiert, denn jeder einzelne wollte versuchen, mich nur ein Mal beim Bierpong zu schlagen. Arme Idioten, natürlich hat es keiner geschafft. Aber was war dann? Filmriss.

Mann, ich muss die Sprachnachricht anhören! Hilft ja nichts, raus aus dem Bett und … ins Bad? Jup, da hätte ich meine Ruhe. So langsam wie ich nur kann, versuche ich mich aufzurichten. Doch schon als ich meinen Oberkörper minimal anhebe, verlagert sich das Gewicht auf der Matratze so, dass Buffys Augen aufspringen und mich eindringlich anstarren.

»Wo willst du hin?«, schießt es aus ihr, ohne auch nur einen Anflug von Emotion.

»Ich, ähh … aufs Klo?«

»Wo ist mein BH?«

Gute Frage. Ich schaue mich um. Dann fällt's mir wieder ein.

»Ich glaub, den hast du im Schlafzimmer von Bens Eltern … *vergessen.*«

»Kevin.«

Und direkt kommen Bilder von gestern Abend zurück. Wie sich die Letzten ums Lagerfeuer versammelt haben, nachdem wir im aprilkalten Pool gecatcht haben. Wie Kevin und die taumelnde Buffy wieder zu uns gestoßen sind. Sie, wie fast immer, komplett übers Ziel hinausgeschossen, Kevin hingegen zufrieden grinsend. Doch da lag etwas Seltsames in seinem Blick, der unruhig durch die Flammen geschossen kam, bis er endlich auf meinen traf.

»Scheiß drauf«, reißt mich Buffy aus meinen Gedanken, während sie ihre Brüste zusammendrückt und die Decke zu einem tiefen Dekolleté formt. »Freiheit den Boobies! Warum bin ich eigentlich bei dir und nicht bei Kev?«

Ungünstige Frage, denn an dieses Detail kann ich mich sehr wohl erinnern. Doch ich weiche aus: »Vermutlich hat er schon auf der Party bekommen, was er wollte.«

»Arsch!« Sie holt mit dem Kissen aus, während ihre andere Hand die Decke an ihren Körper krallt, und zieht mir gackernd das Kissen über den Kopf.

»Ahh!«, rufe ich halb lachend, halb vor Schmerz, denn sofort meldet sich das Stechen in meinem Kopf zurück.

»Hätte ich nur auf meine gute Fee gehört«, jammert Buffy überzogen, »und wäre vor Mitternacht vom Ball verschwunden!«

»Wenigstens hast du etwas zurückgelassen. Nicht unbedingt einen Schuh, aber …« Ich lege meine Hände auf meine nackte Brust, forme einen BH und wackele gekünstelt mit meinem nicht vorhandenen Busen. Buffy prustet los, als die Tür aufgeht und mein Dad in der Tür steht.

»Was ist …? Oh …« Er sieht Buffy, die neben mir auf meinem Bett sitzt und sich die Decke gerade so über die Brüste hält.

»Hallo, Herr Scheibenhauer!« Buffy winkt ihm breit grinsend zu, woraufhin sich sein gesamter Kopf, selbst die rasierte Glatze, knallrot färbt. Verlegen und mit gesenktem Blick verschwindet er rückwärts wieder aus der Tür, während er mit seiner brummigen Stimme erleichtert in sich hineinmurmelt:

»Oh, du bist es, Buffy. Tut mir leid, ich dachte nur … eh … Bis spä… Tschüs.«

Genervt lasse ich mich aufs Bett fallen.

»Was ist aus dem guten, alten Anklopfen geworden?«

»Du meinst, dem guten, alten ›Ich-geh-einfach-nicht-ins-Zimmer-meines-Kindes!‹« Auch Buffy legt sich wieder neben mich. »War er schon immer so?«

»Was meinst du?«, frage ich hohl. »So fröhlich, wenn nackte Mädchen in meinem Bett liegen? Oder so wütend, wenn er stattdessen Dildos vorfindet?«

»War er schon immer so homophob?«

Ich halte kurz inne. Diese Art von Frage ist untypisch für Buffy. Für unsere Freundschaft. Ich weiß nicht, was ich darauf antworten soll. Ich weiß nicht mal, ob er *das* wirklich ist. Ich denke, es ist eher eine Reaktion. »Nein. Er ist erst so, seitdem wir hier hergezogen sind.« Doch ich weiß, dass das nicht die ganze Wahrheit ist. Der Umzug und seine Abneigung dieser Sache gegenüber haben beide denselben Auslöser. Mich. »Egal, ich muss mal aufs Klo.« Während ich das ausspreche, beginnt mein Herz zu flattern, und ein unangenehmes Gefühl macht sich breit. Ich brauche dieses Puzzleteil. Die Sprachnachricht.

»Aber diesmal bitte ohne Selbstgespräche.«

»Huh?«

»Bevor wir pennen sind, hingst du ewig im Bad. Ich dachte, du kotzt, aber du hast geredet. Mit dir selbst oder …« Ihr

Blick fällt auf das Handy in meiner Hand. »Oder mit wem auch immer.«

Klar, denk ich mir. Mein Handy hab ich bestimmt nicht mitgenommen, weil mein Akku leer war. Also muss ich die Sprachnachricht *hier* aufgenommen haben. Buffy steht auf und zieht sich, mir den Rücken zugewandt, die Hotpants und ihren gelben Lieblingssweater drüber.

»Ich muss sowieso los. Ich hab da noch was mit Kevin zu klären.«

»Wegen der Cinderella-Sache?«, lache ich bemüht.

»Ja, so ähnlich.« Buffy lacht nicht. »Wir schreiben uns nachher. Bis später.«

Im Vorbeigehen gibt sie mir noch einen Kuss auf die Wange und trabt die Treppe hinab. Aus dem Flur unten höre ich sie noch überzeugend fröhlich kurz mit meinem Vater sprechen, bevor die Tür ins Schloss fällt. Da nähern sich auch schon die schweren Schritte meines Vaters, der die Treppe hinaufkommt. Nein, absolut keinen Nerv auf irgendeine Art von Auswertung der Situation eben oder die zigste Bekundung, wie gut Buffy zu mir passen würde. Mit einem Sprung bin ich in meinem kleinen Badezimmer verschwunden und drehe direkt die leere Dusche auf. Mein Ohr presse ich gegen die Tür. Die Schritte meines Vaters kommen zum Stehen. Ich zwinge mich, ruhig und gleichmäßig zu atmen, und versuche, mich nicht zu bewegen. *Ich dusche, Dad. Kein Grund hochzukommen.* Stille.

Als ich plötzlich wieder Schritte höre, denke ich, er geht zurück nach unten, aber nein! Er kommt herauf, und sein Gang wird vorsichtiger, fast, als würde er genauso ungern entdeckt werden wie ich. Scheiße! Schleicht er in mein Zimmer?! Mein Herz pocht vor Wut, und mein Atem wird unruhig. Ich gehe ein Stück zurück, als ich meine Zimmertür leise quietschen höre. Ich weiß nicht, was er dort sucht oder glaubt, finden zu können. Benutzte Kondome? In der Hoffnung, sein schwuler Sohn hätte es seiner besten Freundin heute Nacht heftig besorgt? Eine Schachtel mit der Aufschrift »Emils Gayness«, die er zertreten kann, und damit wären alle »Probleme« gelöst? Was auch immer er sucht, Fakt ist, er hat kein Recht dazu! Keine Minute vergeht, da höre ich, wie sich Schritte über die quietschende Treppe hinab entfernen, und ich atme tief durch.

Was geht hier ab? Was habe ich getan, um das zu verdienen? Ich mein, ich weiß genau, was ich getan habe, aber ist das nicht, keine Ahnung, irgendwann verjährt? Muss ich jetzt ein Leben lang mit Misstrauen und Schnüffeleien leben?

Ich sinke an der Tür zu Boden, die Beine gerade von mir gestreckt. Mein Blick auf dem Handy in meinen Händen. Nun gibt's kein Zurück. Ich drehe die Lautstärke vorsichtshalber runter, so dass nur ich hören kann, was ich mir – oder eher Damian – in Volltrunkenheit zu sagen hatte.

»Heeeeejjj! Son of Batman! Hier ist Emi-, Enno! Der mit dem Dildo!«

Ich drücke Pause und erstarre. Ich lalle. ÜBERTRIEBEN! Diese Ansprache ... Diese Vorstellung. Kann sich bitte ein Loch auftun und mich verschlingen? Was soll überhaupt dieser Tonfall? Ich klinge nicht *wirklich* happy – nicht *heeeeejjj*-happy. Da ist ein Unterton. Ich atme kurz durch und tippe wieder auf *Play*.

»Sag mal, also, du als Hetero, 'ne? Da ist dieser Typ vom Fußball, Kevin. Ach hier, der Boyfriend von der Freundin, von der ich dir erzählt hab. Der mit der Dildo-Obsession! Ich glaube, irgendwie, er ... Also wir waren gerade feiern, hatte ich ja geschrieben, und er ist halt auch straight wie du. Aber als wir am Lagerfeuer saßen ... Alle anderen weggetreten, seine Freundin auch ... Da hat er mich immer wieder so angeguckt. Nicht nur ein Mal. Da würde ich ja noch sagen: *Joooo Enno*, würd ich dann sagen, *bild dir mal nichts ein*. Aber so nach zwei-, dreimal dachte ich: Ey, warum grinst er so rüber durchs Feuer? Das war so ’n richtiger Blick-Fick, weißt du, was ich meine? Also ich so: *Was los?* Und er kommt dann rüber und stellt sich neben mich. Aber ich sitze in meinem Strandstuhl. Sein Schritt ist richtig auf Höhe meines Gesichts. Und er trägt diese *typische* graue Trainingshose, wo man alles sieht. Ich guck also hin, und er merkt’s. Und dann grinst er wieder so, packt sein Teil und meint, wie das bei mir so geht mit dem Einlochen. Und ich denk nur so: *Joooo!!! Verstehen Kerle das unter subtilem Flirten?* Was soll das überhaupt? Ich meine, er hatte gerade seine Freundin im Elternbett vom Torwart geknallt. Was will der dann von mir? Ich check’s nicht. Bin jetzt jedenfalls wieder zu Hause bei mir mit Buffy. Wollte nur ... Ach, keine Ahnung, was ich wollte ... Doch! Dass du’s mir erklärst. Aus Heterosicht: Gehört das zum Ausprobieren? Haben selbst Typen wie du einfach mal Bock auf ’nen anderen Boy?«

WHAT. THE. FUCK. Emil. Das klingt wie ein Angebot. Während ich mir selbst zuhöre, kommen die Erinnerungen in kurzen Bildfetzen zurück. Leider sehr lebendige. Kevins Blick-Fick. Sein Griff in den Schritt und als würde er meinen berühren, spüre ich, wie Blut nach unten schießt. Fuck, ich will das nicht. Nicht schon wieder dieselbe Situation wie *damals* ... So hat das schon einmal angefangen ...

Ich versuche, selbstbestimmt an etwas anderes zu denken. Buffys Brüste. Und es hilft tatsächlich, das Blut fließt aus mir, und der Stau löst sich. Wenn sie wüsste, dass ihr Verführungsversuch, denn als etwas anderes deute ich ihr Nacktschlafen neben mir nicht, den absolut gegenteiligen Effekt auf mich hat, würde sie das sicher verletzen. Wüsste sie, wie ihr Boyfriend sich mir gegenüber verhalten hat, auch. Schon wieder. Dieses Knistern, diese Provokation. Genau wie in der Nacht, in der Kevin und ich den Dildo auf Kleinanzeigen gestellt, über die

»perfekte Größe« gesprochen haben und die sexuelle Spannung den gesamten Raum elektrisch aufgeladen hat. Als er das Sextoy ohne Scheu fest in die Hand genommen und völlig unverblümt gemeint hat, wenn das in mich passt, hätte ich theoretisch auch mit seinem Ding keine Probleme.

SHIT! Plötzlich fällt mir Buffys Kommentar von vorhin wieder ein: Wie viel hat sie tatsächlich gehört? Wie viel davon verstanden? Ist sie darum so schnell los und jetzt gerade auf dem Weg zu Kevin? Wenn ja, warum hat sie mich nicht zur Rede gestellt und …

Damian schreibt … erscheint auf WhatsApp neben seinem leeren Profilbild. Gerade in diesem Moment sitzt der Junge, der sich dieses peinliche Wirrwarr eines betrunkenen Halbfremden anhören musste, irgendwo an seinem Handy und schreibt. Mir. Er schreibt mir! Der Person, die ihm ungefragt von Schwänzen und Blick-Ficks erzählt und wissen will, ob er denn nicht auch mal Bock auf ’nen Jungen hätte.

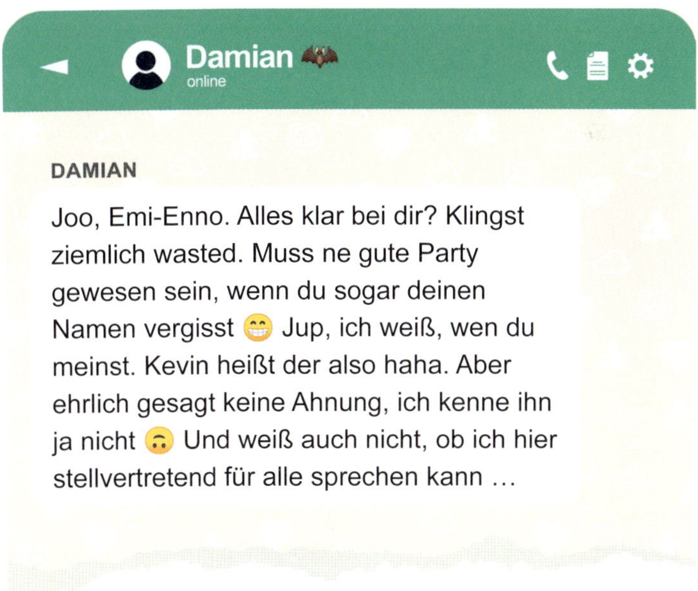

Ist es nicht sogar n Stück weit normal, dass man sich ausprobieren will? Gerade, wenn man gesoffen hat? 🤔

ENNO

Zuallererst: Sorry für die Sprachnachricht!! Please kill me 💩

Zweitens: Keine Ahnung. Ist das normal? Wenn ja, dann sollte jemand ne Ausprobierbörse erstellen. *Hetero-sucht-anderen-Hetero-fürs-Stangepolieren-aber-no-homo.* Ich hab jedenfalls keinen Bock, dauernd dafür herzuhalten

Gibt's da ne Regel im geheimen Heten-Club, von der ich nichts weiß? Frei nach dem Motto: Es zählt nicht als Fremdgehen, wenn's mit nem Typen passiert? Was unterm Regenbogen passiert, bleibt unterm Regenbogen! 🙃 🌈 Ich mein, er hat ne Freundin! 😖

DAMIAN

Ach, alles entspannt. Kenn solche Nächte auch. Die, nach denen man kurz checken muss, ob man noch Freunde hat 😅

Sorry, Mann, die ganze Sache scheint dich ja ziemlich abzufucken. Hast du mit seiner Freundin drüber gesprochen? Ist das Buffy?

Wollte Kevin jetzt auch nicht in Schutz nehmen, ich mein ja nur … Ich hab das auf Partys auch schon erlebt

ENNO

Ja genau, Buffy ist meine beste Freundin, und er ihr boyfriend 💩💩💩💩💩💩💩 awkward, ne?

Ich meinte gestern zu ihm, wenn er lernen will, wie ich das mit dem Einlochen mache, kann er gern Fußball-Nachhilfe bekommen 😇 Falls er von was anderem redet, soll er's mit Gay Porn probieren und sich nicht von Buffy erwischen lassen. Er ist dann abgezogen, und ich hab Buffy mit zu mir genommen. Die weiß aber von nichts … Im Grunde ist ja auch nichts passiert 🐥

Wie meinst du das mit den Partys? Hast du auch schon mit Typen rumgemacht? 👀

Ich hoffe nur mit straight dudes.
Sonst kommst du meiner gerade spontan ins Leben gerufenen Initiative Gays-sind-kein-Schnupperkurs in die Quere 🧐

DAMIAN

Tja, Officer, catch me if you can, kann ich da nur sagen! 🏃

Hm … Wie dumm, das Emoji sieht aus, als würde ich auf dich zurennen … Na ja. Aber nee, rumgemacht hab ich bisher mit keinem

Und wegen der Sache mit Kevin: Hast ihm auf jeden Fall ne Ansage gemacht 😅 Wenn er dich wirklich damit nervt, ist es gut, dass du so deutlich warst. Aaaaber … ich frag nur aus Interesse: Findest du ihn auch irgendwie gut? 👀

ENNO

Zu Kevin … Hmm. Nee. Er ist n arroganter Möchtegern-Alpha, der nicht drauf klarkommt, dass ich besser spiele als er ⚽

DAMIAN

Jackpot, wenn der Möchtegern-Alpha der Freund deiner besten Freundin ist 👌

ENNO

Total 😞 Das Ding ist halt, ich wohne am Arsch der Welt. Wenn du hier nen sexy dude daten willst, ist er entweder der Bruder des Cousins deines Bäckers, ODER er ist »hetero«. Dadurch springt man dann irgendwie auf jede Zuwendung an. Omg das klingt ein bisschen erbärmlich 👌

Aber wo du schon so auf mich zugerannt kommst … 🏃 Würdest du's denn gern? 🤓 Also mit 'nem Typen rummachen? 👀

DAMIAN

Ich weiß auch nicht, Mann … 🤔 Hab mir da noch nie so richtig Gedanken drüber gemacht, aber mein Körper verwirrt mich gerade in letzter Zeit hardcore 😅 Macht Spaß :-)

Wo wir gerade dabei sind, ich muss dir was gestehen

ENNO

Hardcore? 😏🥵

Nee, aber ernsthaft, wie meinst du das? Und was gestehen? Entweder du schreibst kryptisch, oooder es liegt am Kater von gestern Nacht 😅

(Joke. Es liegt an dir. Erklär.)

DAMIAN

Na ja, vielleicht ist der Dildo auch nicht für meine Freundin

ENNO

What? 👀

DAMIAN

Eigentlich steh ich schon auf Girls … oder stand zumindest bisher NUR auf sie? Aber seit Kurzem frage ich mich immer häufiger, wie's mit nem Typen wäre 🤔

Kann diese Gefühle irgendwie gar nicht einordnen und bin tbh auch n bissl fucked up von dem Thema. Was soll dieser Scheiß mit der Sexualität?

ENNO

Darum der Dildo 🍆 I see

DAMIAN

Jungeee …

ENNO

🐸

DAMIAN

Oh Shit … Sieht so aus, als müsste mich deine Initiative vielleicht doch bald verhaften 😅 Aber for real, ist nicht so einfach gerade

Kann übrigens schon sein, dass ich so durcheinander schreibe, als hätte ich gestern mit dir gesoffen haha. Meine Hirnleistung ist aktuell nicht so auf der Höhe

ENNO

Ich kann mich nur wiederholen! Gays! Sind! Kein! Schnupperkurs!! 🤬 Nein, aber ich glaube, ich versteh's. Man kommt halt nicht fertig auf die Welt. Jeder lernt Dinge über sich zu verschiedenen Zeiten im Leben, oder?

Ich hab zum Beispiel DIESE WOCHE erst gelernt, dass es tatsächlich hetero Kerle gibt, die aus Neugier Dildos für sich selbst bei Kleinanzeigen kaufen!! 🤡

DAMIAN

Boy … Ich will dir danken für die erste Nachricht und dich boxen für die zweite

Hoffe, du hast recht, und ich steig da bald durch 🙃 Aber hey, wo wir gerade drüber sprechen! Hier das Bild von der Box 😊

Oha! Und was für eine Box! Ich starre auf das Bild eines nackten Oberkörpers, kein Shirt, absolut durchtrainiert. Viel heftiger als ich selbst. Gut, *eigentlich* zeigt das Bild eine ungefähr 30 mal 20 Zentimeter große, gold-schwarze Box mit zwei Anime-Charakteren drauf. Aber *hinter* ihr im Spiegel reflektiert sehe ich diesen lächerlich perfekten Körper eines Jungen.

Damian. Das bist du also.

19 Jahre, hat er gesagt? Gut, das könnte hinkommen. Er hat zwar geschrieben, er geht noch zur Schule, aber vielleicht ist er auch nicht der Hellste und sitzengeblieben. Kein Wunder. So 'nen krassen Körper zu halten muss ein Vollzeitjob sein. Da hätte ich auch keine Zeit mehr zum Lernen. Dumm wirkt er aber keinesfalls. Meine Neugier ist geweckt, und es frisst mich förmlich auf, dass ich sein Gesicht nicht sehen kann, denn das Bild schneidet direkt über seiner Brust ab. Wie soll ich so seine Lippen sehen? Aber lange Haare hat er nicht, das würde man sehen. Oder trägt er sie vielleicht in einem Zopf? Ich merke, wie ich jedes Detail überanalysiere, und ein Lächeln macht sich auf meinem Gesicht breit, denn ich komme mir dabei ziemlich dumm vor.

Das Handy vibriert in meiner Hand. Eine neue Nachricht von Damian. In meiner Schockstarre habe ich völlig vergessen zu antworten.

DAMIAN

Es muss auf jeden Fall authentisch aussehen. Wie ne echte DVD-Box. Vielleicht packst du noch nen Zettel dazu: Danke fürs Ausleihen oder so, dann sag ich meiner Mum, das kommt von nem Freund 🤔

ENNO

Das ist kein Maßband 😳😝

DAMIAN

Im Gegenzug könntest du übrigens Felix Mallard gegen ein richtiges Profilbild von dir tauschen! 👀

Bis später, Emi-Enno 😬

Ertappt! Natürlich wollte ich auch nicht gleich alle Karten auf den Tisch legen und habe einfach ein Instagram-Bild von Felix Mallard als Profilbild eingestellt, dem heißesten Typen auf Erden. Keiner meiner Freunde wundert sich, denn sie wissen um meine absolute Obsession, aber jeder andere wird ihn vermutlich nicht erkennen, denn obwohl er in Australien 'ne große Nummer ist, ist er hier in Deutschland bisher eher unbekannt. *Happy Together*, in der er praktisch Harry Styles spielt, wurde nach Staffel 1 abgesetzt und bei uns nicht mal ausgestrahlt. Aber vielleicht hat Damian *Ginny & Georgia* auf Netflix gesehen! Verdammt, das Schicksal muss uns zusammengebracht haben, oder? Der Beweis für die Existenz einer Höheren Macht! Theologen dieser Welt, kommt und bezeugt dieses Wunder! Euphorisch und aufgeladen wie nach sechs Flaschen Mate auf Ex durchsuche ich die Galerie meines Handys. Jetzt heißt es nur noch ein Foto von mir finden, auf dem ich nicht völlig abstinke neben Felix Mallard …

Ich seufze tief: Good Luck, Enno. Das hast du dir jetzt selbst eingebrockt.

Kapitel 07: Damian

»Gott sei Dank, endlich ist dieser furchtbare Tag vorbei!« Niedergeschlagen fährt sich Emma mit beiden Händen durch die Haare und bindet sie zu einem Zopf zusammen. »Das war einfach nur schrecklich!«

»Hä, was redest du denn? Hat doch alles funktioniert!« Ich lege meinen Arm um sie und ziehe sie dichter an mich, während wir gemeinsam über den Schulhof latschen. »Du hast das Referat zerstört wie Gohan Cell im Finale der –«

»Hey! Hör auf, mich zu spoilern! Da bin ich noch nicht.«

Um sicherzugehen, dass ich nicht weiterspreche, will Emma mir ihre Hand auf die Lippen drücken, doch ich bin schneller: Blitzartig öffne ich den Mund und beiße ihr in den Finger. »Nicht so frech, Fräulein!«, ein Grinsen ziert mein Gesicht.

»Ihh, du …«, doch statt ihre Hand zurückzuziehen, hält sie kurz inne. Sie schaut mir direkt in die Augen, und auf einmal ist die Luft zwischen uns wie elektrisiert. Nanu? Mein Herz schlägt lauter. Mit einer kleinen Bewegung schiebt sie meine Zähne ein Stück auseinander und fährt dann mit ihrem Finger über meine Unterlippe. Ihr Blick verfolgt dabei aufmerksam die glänzende Spur, die sie durch meinen Speichel hinterlässt. Alles an ihr zeigt mir so unmissverständlich, dass sie mehr will. Dass sie sich nach mir, nach meinen Berührungen, nach Sex sehnt.

Aber kann ich ihr das geben? Je mehr Zeit vergeht, desto stärker wird die Spannung. Ich bin mir sicher, dass sie gehofft hat, es würde heute endlich passieren, als sie mich bei WhatsApp gefragt hat, ob ich nach der Schule mit zu ihr kommen will. Gerade, nachdem wir vor zwei Tagen erst von meiner Schwester und dann von meiner Mum unterbrochen wurden.

»Das … ist schon ein bisschen hot!«, flüstert sie und baut den Augenkontakt wieder auf.

»Ach ja, und das?«, ohne Vorwarnung fixiere ich ihr Handgelenk und lecke ihr in voller Länge über die Handinnenfläche. So richtig unangenehm.

»Ihhihihi …«, wild zuckend versucht sie, sich zu befreien, doch keine Chance. »Dami, lass das!« Ihr angewiderter Blick amüsiert mich, also gönne ich ihr einen Nachschlag und ziehe eine weitere, feuchte Runde, diesmal über die Rückseite. »Du bist ekliiiiig!« Mein begeistertes Gesicht und die Tatsache, dass sie ultrakitzelig ist, bringen sie zum Lachen, aber trotzdem geht sie zum Gegenangriff über. »Du Freak, das Spiel kann man auch zu zweit spielen!«

»Versuch's doch mal, du Zwerg!«, ein arroganter Tonfall liegt in meiner Stimme. Ich strecke meine freie Hand weit nach oben in die Luft, um sie aus Emmas Reichweite zu bewegen.

»Na komm, ich warte.«

»Glaubst du echt, ich bin so einfallslos?«

»Ahhh, haha, du Ätzkuh!« Sofort krümme ich mich zusammen, als ihre spitzen Finger wiederholt in meine Taille piksen, und gegen meinen Willen löse ich den Griff um ihr Handgelenk. »Dreckige Tricks sind das!«, fauche ich.

»Du Anfänger«, kopiert sie meine überhebliche Stimmlage, die ich mir jetzt nicht mehr erlauben kann.

»Ist gut, ist gut. Du hast gewonnen!«, lachend gebe ich mich geschlagen.

»Gut so!«, murmelt sie und wischt den Speichel hastig an meinem Shirt ab.

»Ey, ey! Was soll das?«

»Dein Sabber, dein Shirt«, entgegnet sie, und plötzlich leuchten ihre Augen nicht mehr.

»Alles okay?« Ein wenig verunsichert ziehe ich eine Augenbraue hoch.

Was ist passiert?

»Schon, nur … Ich hab das Gefühl, dass du … », setzt sie an, doch hält inne. Ihr Blick wandert mehrere Male zu mir, dann zu Boden oder auf ihre Finger, mit denen sie jetzt an der kleinen Silberkette an ihrem Handgelenk rumzupft.

Und obwohl sie den Satz nicht beendet, weiß ich genau, was sie sagen will: dass sie das Gefühl hat, ich sei nicht bei der Sache. Ich weiche ihr aus. Ich erwidere nicht, was sie mir entgegenbringt. Es zerreißt mich, dass sie sich so fühlt. »Emma, ich …«

»Ach, alles in Ordnung.« Sie schlüpft zurück in meinen Arm und kehrt schlagartig zum Ursprungsgespräch zurück, als wollte sie den kurzen Moment gerade vergessen machen.

Shit, Mann, ich muss dieses Chaos schleunigst in Ordnung bringen.

»Findest du wirklich, dass meine Präsentation gut war? Ich hatte das Gefühl, Tanya wirft mir die ganze Zeit so komische Blicke zu. Als würde sie gleich einpennen, weil sie alles, was ich gesagt habe, zu Tode langweilt. Sie hat bestimmt fünfzehnmal richtig laut gegähnt.«

»Emma …«, wir haben das Ende des Schulhofs erreicht, »du weißt doch, wie Tanya drauf ist. Die zickt dauernd rum und ist … eigentlich zu jedem unnötig gemein!«

»Zu dir nicht! Wenn sie mit dir redet, tut sie immer so, als sei sie die Unschuld in Person. Aber sobald du gehst, ich schwör's dir, pfeffert sie ihren hässlichen Heiligenschein in die Ecke und fährt die Krallen aus.« Schnaubend äfft sie die Bewegungen nach und verzieht dabei ihr Gesicht zu einer Fratze. »Früher hat sie mich in Ruhe gelassen, aber seitdem ich mit dir zusammen bin, bin ich gefühlt Staatsfeind Nummer Eins auf ihrer Liste.« Emma redet sich richtig in Rage.

Ich würde gerne widersprechen, aber ich glaube, sie hat recht. Keine Ahnung, irgendwie scheinen Tanya und ihre Clique mich schon seit Ewigkeiten gut zu finden, aber bis auf ein paar oberflächliche Gespräche hatte ich nie wirklich Kontakt zu ihr. Sie wirkt auf mich wie jemand, der dauernd Drama macht, und darauf stehe ich überhaupt nicht.

Es ist generell so, dass Emma öfter im Schussfeuer steht, seitdem sie sich über die letzten zwei Jahre so verändert hat. Früher war sie eher unscheinbar, aber ich fand sie da auch schon richtig cool. Seit sie angefangen hat, mit ihrem Style zu experimentieren und nicht mehr so schüchtern ist, zieht sie zunehmend Aufmerksamkeit auf sich. Und das bestrafen Tanya und ihre *Mean-Girls*-Gang mit unbegründeter Feindseligkeit.

»Du musst dir keine Sorgen wegen deiner Note machen, wenn du mich fragst!« Ich werfe ihr ein versicherndes Lächeln zu. Ich sage das, obwohl ich bei ihrer Präsentation auch nur halb aufgepasst habe. Ich war mit den Gedanken woanders.

Man kommt halt nicht fertig auf die Welt, hat Enno geschrieben und mit diesem Satz bei mir irgendwie die richtigen Knöpfe gedrückt. Vielleicht ist es okay, dass ich aktuell so oft verwirrt bin. Vielleicht macht mich das nicht direkt zu ’nem schlechten Freund. Oder Menschen. Ich hab mir das ja auch nicht ausgesucht. Ennos Worte waren echt wie Balsam für meine Seele.

»Na gut, wenn du das sagst. Danke fürs Aufmuntern, Dami!«

»Jederzeit.« Ich drücke sie fest an mich. Bevor ich sie aus der Umarmung entlasse, brumme ich ihr ins Ohr: »Und sieh zu, dass du mit *Dragon Ball* vorankommst! Du hast mir versprochen, dass du den Anime durchschaust!«

»Oh mein Gott, ich bin ja dabei!« Sie stößt mich weg. »Diese verdammte Serie hat über fünfhundert Folgen, das weißt du hoffentlich!«

»508, um genau zu sein. Ohne *GT* und *Super*. Aber wer zählt schon mit!«

»Unglaublich!«, sie schüttelt den Kopf.

»Eeeeey! Bereit fürs Training, Dami?«

»Hi, Luca!«

»Hey, Emma! Mann, du siehst heute ja scharf aus!«, mit der Sporttasche über der Schulter und einem dicken Grinsen im Gesicht gesellt sich mein Riesenkumpel zu uns.

»Oh, haha. Findest du? Danke. Das Top ist neu!«

»Steht dir hervorragend!«

»Danke, danke. Mir gefällt es auch.«

»Betont deinen Körper.« Statt weiter darauf einzugehen, stellt Emma sich entschieden zu mir, was mich, der schweigend zuschaut, schon etwas amüsiert.

»Was guckst du so blöd?!«, faucht Luca, »deine Freundin ist halt wunderschön!«

»Ich sag doch gar nichts.« Ich zucke mit den Schultern und strahle ihn weiter an. Auch Luca gehört zu den Typen, die Emma mittlerweile anhimmeln.

»Ach komm, dafür wirst du büßen, wenn ich die Wette gewonnen habe!«

»Ja, ja, damit drohst du mir schon seit Ewigkeiten! Wollen wir los?« Ohne auf Lucas Antwort zu warten, drücke ich Emma einen Kuss auf die Wange: »Wir schreiben!«

Ich will ihr zum Abschied zuwinken, doch sehe, dass sie sich bereits umgedreht hat und zielgerichtet auf jemanden zugeht: »Hey, Tanya, na, ausgeschlafen? Ich glaube, wir beide müssen uns mal unterhalten.«

***

»Komm, komm!!! Zwei Wiederholungen schaffst du noch!«, brüllt mir Luca mit gewohnt überdrehter Lautstärke ins Ohr.

»Bruder, schrei nicht so!«, meine typische Antwort darauf. Er ist nicht nur so groß wie ein Grizzlybär, sondern hat auch das Organ von einem. Erschöpft lasse ich die Gewichte zu Boden fallen. »Puh, das war hässlich!«

Ich weiß eigentlich gar nicht, ob Pumpen und Joggen so richtig mein Ding sind, aber als Luca mich irgendwann mal gefragt hat, ob ich Bock habe, das mit ihm zu starten, habe ich mir nur gedacht: warum nicht. Eine Gelegenheit mehr, um weniger zu Hause zu sein.

»Aber stark, wie du durchgezogen hast, Dami!« Zufrieden klopft Luca mir auf den Rücken. »Hatte kurz Sorge, dass du nach deiner jämmerlichen Switch-Performance letztens heute auch wie ein Mädchen trainieren würdest, aber du hast geliefert!«

Ich bin noch ziemlich außer Puste und schaue ihn deswegen nur mit hochgezogener Augenbraue an. Für einen Moment sieht es so aus, als hätte er den missgünstigen Ausdruck in meinem Gesicht aufgeschnappt, denn er sagt nun merklich leiser: »Komm, lass in die Umkleide gehen!«

»Okay.«

»Wie läuft's eigentlich mit Emma?«, er zieht sich das durchgeschwitzte Shirt über den Kopf und schmettert es in den Spind. Luca sieht echt krass aus, für einen 18-Jährigen überdurchschnittlich trainiert.

»So weit ganz gut. Sie wollte heute eigentlich was machen, aber wir waren ja zum Training verabredet.«

»Hä, Bruder, du hättest heute Morgen, als ich dich gefragt hab, doch sagen können, dass du Zeit mit ihr verbringen willst!«

Kurzer Gruß vom schlechten Gewissen an dieser Stelle. »Ach, ist schon okay. Ist gerade eh …«

»Oh, oh, was spüren meine Spinnensensoren da? Gibt's Probleme im Sexparadies?« Zum Glück hat er gerade für den letzten Satz seine Lautstärke wieder hochgedreht. Ich bin immer wieder erstaunt, wie offen raus man labern kann. Spricht von Spinnensensoren, aber hat mit Abstand das schlechteste Taktgefühl, das man sich vorstellen kann.

»Junge, geht's noch lauter?«

»Klar, GIBT'S PROBLE...«

Ich boxe ihm kräftig genug in den Bauch, dass er abbrechen muss und trotzdem noch über sich selbst lachen kann. »Du bist echt ätzend!« Dann muss auch ich schmunzeln. »Na ja, als Emma vorgestern bei mir war, kam es fast dazu. Aber dann wurden wir von meiner Mum unterbrochen. Die ... ist da nicht so locker.« Das muss reichen, ich hab kein Bedürfnis, meine Familiensituation genauer zu erklären. Das mach ich generell nie. »Ich hoffe einfach, dass Emma das nicht falsch versteht. Ist 'n bisschen angespannt zurzeit.« Das ist nur die halbe Wahrheit, denn der eigentliche Grund für mein erhöhtes Stresslevel reimt sich auf *Menno*. Aber auch das kann ich Luca wohl kaum erzählen.

»Ach Dami, das Problem ist doch easy zu lösen. Sorg einfach dafür, dass ihr bald eine neue Gelegenheit findet, und dann kannst du richtig rangehen. Und schwupps, gibt's keinen Grund mehr für Zweifel.« Er legt seine große Hand auf meine Schulter, als wolle er mich aufmuntern: »Nee, aber ernsthaft. Du kannst doch nichts dafür, wenn deine Mum die Party crasht. Und das weiß Emma mit Sicherheit auch. Ich finde, sie hat vorhin überhaupt nicht angespannt gewirkt.« Vielleicht stand der Grizzlybär doch nicht ganz hinten, als Gott das Taktgefühl verteilt hat.

»Na ja, es gibt da außerdem noch was ...«, setze ich an, doch Luca fällt mir ins Wort.

»Du hast echt Glück, dass Emma deine Freundin ist, ey. Ich versteh's nicht, ich stähle hier wie verrückt meinen Körper und leg mich auch im Umgang mit den Girls so ins Zeug, und trotzdem will mich keine.«

»Bro …« Seine Worte versetzen mir einen Stich ins Herz. Doch ehe ich antworten kann, blubbert er weiter.

»Ich muss einfach die Wette gewinnen, und dann musst du halt deinen Arsch hinhalten.«

»Hä?«

»Ich kann mir dann wünschen, was ich will.« Schlagartig macht er einen Satz nach hinten, fixiert meine Hüfte mit beiden Händen und … »BÄÄM!«, knallt seinen Schritt immer wieder grölend gegen meinen Arsch. »Du wirst meine Bitch!«

»Träum weiter«, protestiere ich in meiner misslichen Lage, schaffe es aber nicht, mich aus seinem Griff zu befreien. Dann schnellen seine Finger meinen Oberkörper hinauf bis zu meinen Rippen, und er beginnt, mich erbarmungslos zu kitzeln.

»DAMI, BABE!«

Ich kann nicht anders, als wild zusammenzuzucken.

»Spaß, Bruder. Ich bin doch keine Schwuppe, haha!« Lachend lässt er von mir ab, entledigt sich seiner Shorts und dreht sich um in Richtung Dusche. »Wir sehen uns Montag, wa? Du gehst ja sicher wieder zu Hause duschen. Hau rein!«

Was war das denn gerade?!

* * *

Lucas Worte hallen auf dem Rückweg noch immer in meinem Kopf nach. Eigentlich halte ich ihn für einen korrekten Typen, aber manchmal sagt er Sachen, die ich einfach weird finde. Nach seinem einfühlsamen Pep-Talk hatte ich wirklich kurz überlegt, ob ich die Enno-Sache mal lose ansprechen soll, aber jetzt bin ich ziemlich froh, dass ich's nicht getan habe. Ob er keinen Bock mehr auf mich hat, falls ich wirklich …?

Fuck, der Gedanke tut weh.

Als ich zu Hause ankomme, zücke ich mein Handy aus der Jogginghose und öffne WhatsApp. Dann halte ich inne. Kommt das komisch, wenn ich Enno deswegen schreibe? So gut kennen wir uns echt noch nicht, aber ich hab irgendwie das Gefühl, nur er könnte mir jetzt helfen.

ENNO

?

DAMIAN

Kann ich dich was fragen, was nichts mit unserem Geschäft zu tun hat?

ENNO

Eh klar 👀

DAMIAN

Woran hast du gemerkt, dass du auf Typen stehst?

ENNO

Hmm, das war bei mir eigentlich schon immer so. Hatte zwar auch mal ne Grundschulbeziehung mit nem Mädchen, aber halt eher, weil das cool war damals. Verknallt war ich dann aber doch nur in die Boys hihi 😛

DAMIAN

Das heißt, du hast das nie wirklich hinterfragt?

ENNO

Doch, klar. Gerade so in der Pubertät, wo's um Sex ging und man mit Händchenhalten nicht mehr durchgekommen ist bei den Girls haha

DAMIAN

Und wie war das dann, als du das erste Mal einen Jungen gedatet hast?

ENNO

Mit ner Review zu meinem ersten Date kann ich leider nicht dienen 🤡 Warte selbst noch drauf, dass es passiert lol

DAMIAN

Ohh … Ach so, heißt das, du bist gar nicht geoutet? 😶

ENNO

Doch. Aber tatsächlich eher unfreiwillig und dann gleich vor der gesamten Klasse …

Das wurde echt heftig. Endete damit, dass ich die Schule wechseln und wir umziehen mussten.

DAMIAN

Oh krass 😕

ENNO

Long story short: Ich hatte was mit einem aus meiner Klasse … Also ICH hätte das *daten* genannt. Er sah das wohl ein bisschen anders.

Denn als wir in der Umkleide von den anderen Jungs darauf angesprochen wurden, weil halt Gerüchte kursierten, meinte er, dass ich das selbst rumerzähle, weil ich in ihn verknallt sei

Damit ging die ganze Scheiße los … Ausgrenzung, Spitznamen, Gewalt, fun times

Sorry. too much information. Rede eigentlich sonst nie mit wem darüber. 🦔

Was?! Ich hatte irgendwie erwartet, dass es heutzutage nicht mehr so krass ist, aber das klingt schlimmer als alles, was ich mir ausgemalt habe. Bei der Vorstellung daran, dass Luca mein Geheimnis in der Schule ausplaudern könnte, Emma den Kontakt zu mir abbrechen und mir alle anderen aus dem Weg gehen würden, dreht sich mir der Magen um. Ob vielleicht sogar Mum sich vor mir ekeln würde? Mit zittrigen Fingern tippe ich:

DAMIAN

Oh fuck! Sorry, Mann 😕 Tut mir leid, dass dir das passiert ist … Jetzt fühl ich mich ein bisschen schlecht, weil ich gefragt hab

Wie eklig manche Leute sein können 😖

ENNO

Heeeeejjj, alles gut! Das ist ja nicht die Regel. An meiner neuen Schule wissen z. B. alle Bescheid, meeega easy. Und das ist ne Kleinstadt. Selbst alle beim Fußball sind cool damit. Nur beim Spieler decken kommen dumme Sprüche 🤪 aber die halt ich aus haha

DAMIAN

Wie originell von deiner Mannschaft 🤡

Aber nice, gut zu hören 💪🏼 Hattest du denn keine Angst, wie die Leute an deiner neuen Schule reagieren, nach dem, was dir passiert ist?

Sorry, falls das zu persönlich wird. Musst auch nicht antworten.

ENNO

Toll, das sagst du jetzt, nachdem ich dir meine villain origin story verraten habe? 😈

Doch klar hatte ich Angst, aber diesmal wollte ich derjenige sein, der es erzählt

Aber im Endeffekt: Who cares? 👀 Ich meine, letztendlich betrifft's ja nur mich und die Person, mit der ich 👉👌

DAMIAN

Haha, wahre Worte. Eigentlich geht's niemanden was an 😅

Das Ding ist: Mein Kumpel, mit dem ich zusammen trainiere, droppt ab und zu so Sachen, die klingen, als hätte er was gegen Homos. Ich schätze ihn eigentlich nicht so ein, aber seit ich mir so viele Gedanken über das Thema mache, frage ich mich schon, wie er reagieren würde, falls ich … na ja, durch deinen Dildo erleuchtet werde 🐸

ENNO

Okay 3 Sachen:

1. Also Homo klingt jetzt auch nicht unbedingt wertschätzend, wenn's von nem Hetero kommt 😅 Aber vielleicht ein Pluspunkt, den du bei deiner Label-Frage berücksichtigen kannst: Wir haben fabelhaftes 🌈 Gay Vokabular 🌈 *Slay Queen! Yaaazzz* – und wenn du dich selbst homo labelst, kannst du das Wort nutzen, wie du willst

2. Wenn dein Kumpel dich nicht mehr mag aufgrund der Tatsache, mit wem du ins Bett gehst: Fuck him (also nicht wortwörtlich)

3. Außer er sieht genauso krass aus wie du 🐸 jk. Aber ernsthaft: Was zur Hölle ist dieser Body, dude? 🔥🔥🔥

DAMIAN

Hmm, klingt leichter gesagt als getan, aber ich werd da mal drüber nachdenken! 🤕 Danke für deine Worte

Und danke für das Kompliment 😏 Muss an dieser Stelle schamlos zugeben, dass ich aktuell echt krass in Form bin haha

Ich würd's ja gern erwidern, aber bisher unterhalte ich mich noch mit Felix. Und der wäre wohl eher nicht mein Typ (lol)

ENNO

💔😭 Waaas? Ich dachte, wir sind verbunden im Geiste durch die Liebe zu Felix?!

DAMIAN

Jaaa … Neee … Ich hab dein Profilbild tatsächlich einfach in der Google-Bildersuche gefunden, sorry 😬

ENNO

Fuck! Das habe ich nicht bedacht. Blöde Rückwärtssuche 🌚

DAMIAN

Aber hey, Felix ist sicher der beste unbekannte Schauspieler der Welt

ENNO

ER IST NICHT MEHR UNBEKANNT, ER IST AUF NETFLIX! 😾💥

Aber … Dann ist ja eher gut, dass ich nicht aussehe wie Felix Mallard, wenn er nicht dein Typ ist 😈 Alsooo … Was soll's. Hier:

Gespannt öffne ich das Foto und zoome sofort mit zwei Fingern dichter an sein Gesicht, um es genauer betrachten zu können. Ein blonder Wuschelkopf mit nacktem Oberkörper strahlt mich an. Als Kind wollte ich auch immer so helle Haare haben wie er, aber meine Mum hat vehement darauf bestanden, dass ich sie nicht färbe. Seine Augen sind richtig blau, und sein Gesicht sieht ziemlich jungenhaft aus. Es fällt mir schwer zu glauben, dass er schon 21 sein soll. Würde behaupten, der hat sein Alter genau wie ich ein Stück nach oben korrigiert. Aber er ist schon echt cute!

»So ein Spinner!«, lache ich. Wie kann jemand so verrückt nach einem Star sein? Bei einer Animefigur ist das natürlich was anderes, die sind immerhin fiktional und werden durch ihre Unerreichbarkeit unglaublich begehrenswert. Ich lege das Handy zur Seite und grinse. Das flaue Gefühl, mit dem ich das Sportstudio verlassen habe, ist komplett verflogen.

Wie hat er das geschafft?!

Wie hat Enno es hingekriegt, dass ich mich trotz der Sache mit Luca und der krassen Outing-Story jetzt so gut, so leicht fühle? Die Leute um mich herum haben fast immer den Eindruck, ich sei gut drauf, und irgendwie stimmt das auch, aber … so richtig, richtig glücklich war ich in letzter Zeit eher selten. Ein zufriedenes Lächeln ziert mein Gesicht.

Dann kommt mir eine Idee. Ich springe vor den Spiegel in meinem Zimmer: »Mhm, joa!«, drehe mich um und öffne die Vorhänge, um den Raum mit mehr Licht zu fluten. Dann checke ich mein Spiegelbild erneut: »Besser! Jetzt nur noch…«, blitzartig reiße ich mir meinen Hoodie mitsamt Shirt vom Leib, rücke meine Jogginghose zurecht und »Soo…«, zupfe ein paar Haarsträhnen in Form. Passt alles! Dann seufze ich genervt. Ich brauche dringend ein neues Handy, diese Kamera ist durch den Riss über der Linse echt ’ne Beleidigung für die Augen. Aber was soll's, der Pump vom Training macht es wett. Das Sonnenlicht und der Winkel schmeicheln meinen Muskeln, jetzt muss ich nur noch möglichst cute gucken. Und meine Haare sollten gut sichtbar sein, sonst rastet Enno aus. Neutral oder Lächeln? Mund zu oder Zähne zeigen? Vielleicht … Ich entscheide mich dafür, die Zunge rauszustrecken, als ich auf den Auslöser drücke.

Haha, nice, das sieht gut aus! Pure Aufregung fließt in meine Brust, als ich hibbelig das Bild auswähle, um es an den größten Felix-Mallard-Fan auf Erden zu schicken. Ich überlege kurz, ob ich »Als kleine Belohnung für das Gespräch vorhin! 😬« drunterschreiben soll, entscheide mich dann aber doch dagegen, weil es beim zweiten Darübernachdenken ein kleines bisschen cringe rüberkommt.

Senden.

Zufrieden springe ich ein paarmal auf der Stelle, um die überschüssige Energie, die gerade trotz des anstrengenden Trainings durch mich strömt, abzuleiten. Bin gespannt, wie er das Bild findet.

BZZ BZZ

Das ging schnell. Mit schiefem Grinsen auf dem Gesicht klicke ich auf die Benachrichtigung:

Oh, hä? Was habe ich …? Eine plötzliche Hitzewelle schießt durch meinen Körper, als ich checke, was passiert ist. Ich Trottel muss mit meinem Prankenfinger sowohl Enno als auch Emma ausgewählt haben, weil ihre WhatsApp-Chats direkt untereinanderliegen. »Shit, Mann …«, zische ich. Eine weitere Nachricht von Emma:

FUCK.

Ich sinke aufs Bett und wische mir mit einer Hand den Schweiß aus dem Gesicht. Warum bin ich gerade so gestresst?! Warum nervt mich Emmas Nachricht so? Sie ist doch meine Freundin! Sollte ich mich nicht freuen, dass ihr das Bild gefällt? Hätte ich es nicht direkt willentlich an sie schicken sollen? Das flaue Gefühl vom Gym ist zurück, die freudige Aufregung gekippt, gemischt mit einer Ladung weiterer ekliger Gefühle.

Junge, beruhig dich!

Ich check selbst nicht, was gerade in mir abgeht. Ich weiß nur, dass ich jetzt nicht zu Emma gehen will. Ohne groß darüber nachzudenken, schreibe ich ihr:

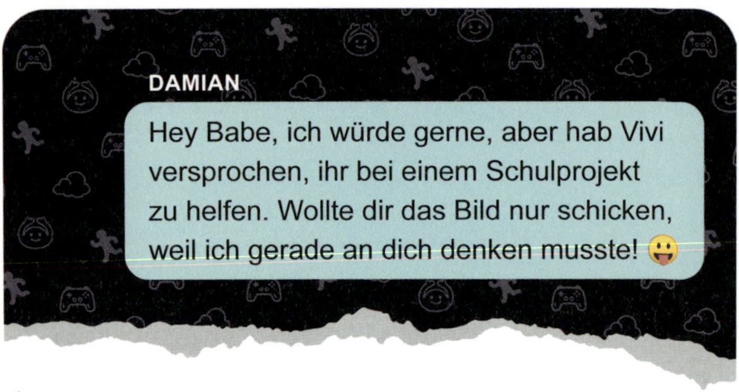

Die ausgelutschteste Ausrede der Welt. Noch während ich diese Worte tippe, wird mir so kotzübel. Das kann so nicht weitergehen. Bitte verzeih mir, Emma.

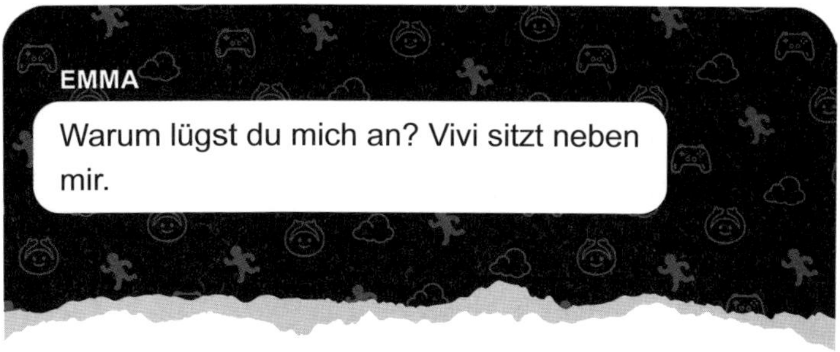

Kapitel 08: Emil

»Meh.«

Das ist alles, was ich von Buffy bekomme.

»Meh?! Hast du deine Kontaktlinsen in Essig eingelegt? Seine Augen? Richtig handsome! Dieses Tiefbraun. Genau wie seine Haare! Ich meine, eigentlich stehe ich eher auf längere –«

»Schwänze?«

»Haare! Aber ihm stehen die so kurz rasiert auch. Ich mein, oben sind sie nicht rasiert. Da sind sie schon etwas länger. Vielleicht auch Scherenschnitt? Guck! Und die Lippen? Dieser markante Kiefer ...«

»Alter.« Sie schiebt das Handy beiseite, das ich ihr immer wieder dicht vors Gesicht halte.

»Zeig mir eine Person, die auch nur im Ansatz so hot ist!«

Sie deutet auf die Leinwand. »Tadashi.«

»Tadashi ist nicht mal echt! Und trotzdem, nein, einfach nein! Auch Tadashi hat keine Chance gegen Damian!« In der Dunkelheit sehe ich Buffys Augenrollen, während sich jede Körperspannung von ihr verabschiedet und sie tiefer in die Polster sinkt. Normalerweise würde ihr jetzt irgendwer die Sicht versperren, aber genau darum kommen wir ja am liebsten in die Kindervorstellung des in die Jahre gekommenen Kleinstadtkinos: Immer ziemlich leer, *wenn* jemand vor dir sitzt, ist es meist ein Pimpf, und quatschen kann man hier auch, denn lauter als diese Quälgeister ist man eh nicht. Außerdem zeigen sie hier samstagvormittags immer Disney-Filme. Heute: *Baymax.*

Ich lasse mich ebenfalls in den Sitz gleiten und starre auf mein Handy. »Tadashi ... Als ob.«

Es ist nicht nur dieses Gespräch, das kurz und einsilbig verläuft. Seit Buffy am Morgen nach Bens Party bei mir verschwunden ist, kriegen wir unseren Flow nicht mehr. Als würde ein Rad eiern. So fühlt es sich an.

Noch immer bin ich mir nicht sicher, wie viel sie tatsächlich gehört hat, als ich besoffen in mein Handy gelallt habe, um Damian zu erzählen, wie mich Kevin auf der Party angegraben hat. Aber ich traue mich auch nicht wirklich zu fragen. Hätte sie dann nicht was gesagt? Oder ist diese einsilbige Kälte ihre Art, mir zu zeigen, dass sie von mir eine Entschuldigung erwartet? Dafür, dass ich das eher mit jemandem bespreche, dem ich Dildos verkaufe, statt mit ihr, meiner besten Freundin? Mir wird richtig flau im Magen. Aber wir sind nicht gut im Streiten. Ich kann das gar nicht. Wir funktionieren, weil wir dieselben Sachen mögen, über dieselben Witze lachen, weil wir uns den Ball perfekt zuspielen können. Aber wir kratzen nicht an der Oberfläche, denn die Oberfläche ist perfekt: Auf ihr ist genügend Platz für Nerd-Talk, Gossip, witzige Aktionen, die zusammenschweißen. Positive Dinge. Nicht für tiefemotionale Problemdiskussionen, die unbequem werden können. Das ist nicht unser Vibe. Wobei ich mich schon öfter gefragt habe, besonders in ihren Bockphasen, sollten beste Freunde nicht streiten können?

»Buffy?«

»Hmm?«

»Fuck-Marry-Kill: Tadashi, Baymax, Damian?«

Sie zögert kurz. »Marry: Baymax. Kümmert sich um dich, ist nett, perfekter Ehemann. Fuck: Tadashi. Ich meine, schau ihn dir an. Kill: Damian.«

Okay, mit dem Ergebnis habe ich gerechnet, aber sie redet. Jetzt muss ich nur weiterbohren: »Was hast du eigentlich gegen ihn? Die ganze Sache war doch deine Idee. Ich dachte, du freust dich, dass er endlich ein Bild geschickt hat. Das war doch überhaupt erst das Ziel der Aktion!« Ich komme mir richtig schäbig vor, wenn ich so rede. Das ist gegenüber Damian nicht fair. Seine Notsituation so auszunutzen … Aber hey, ich hatte auch eine. ’ne not*geile* Situation mit Kevin. Und all das nur, weil er mir einen Funken Aufmerksamkeit gegeben hat. Lerne ich denn nie dazu?

»Wieso reden wir nur noch über Damian? Wieso nicht über die Partynacht?« *Shit.*

Ihre Stimme ist ruhig, aber bestimmt: »Ich bin von dir aus gestern direkt zu Kevin, um das zu klären.«

Nein, Mann. Sag jetzt nicht, Kevin war echt so dumm und hat ihr erzählt, was zwischen uns war. Oder hat sie sogar selbst etwas mitbekommen? Ich dachte zwar, sie schläft am Lagerfeuer, aber was ist, wenn sie alles mitangesehen hat?

»Ich hab ihn direkt gefragt: Welcher Lappen lässt seine Freundin bitte nach dem Poppen besoffen allein zurück auf ’ner Party?«

Ich bin so verwirrt. Ist *das* das Problem? Ich dachte die ganze Zeit, es ginge um die Sprachnachricht.

»Dann hat er irgendeine Ausrede erfunden, richtig erbärmlich.«

Erleichtert atme ich aus. »Du warst ja nicht allein. Ich war doch noch da.«

»Toll. Wieso bist *du* dann am Anfang der Party direkt abgehauen und hast mich bei Kevin geparkt?« Okay, das wird ein Rundumschlag. Sie feuert weiter: »Was ist das, dass jeder Typ denkt, er kann mich irgendwo abstellen, wenn er keinen Bock mehr auf mich hat? Ich hab dich die ganze Zeit nicht mehr gesehen, so als wären wir *nicht* zusammen da.«

»Du … warst mit *Kevin* da.«

»Nein, ich war mit *dir* da!«

»Er ist dein Freund. Ist es nicht normal, dass ihr dann Zeit zu zweit wollt?«

»Ach, keine Ahnung.« Sie greift in ihren Popcorneimer und stopft sich eine Handvoll rein. Eisige Stille zwischen uns, doch ich höre die Zahnräder in ihrem Kopf auf Hochtouren rotieren: *Wie schaffe ich es, meinem Ärger Luft zu machen, ohne preiszugeben, dass ich Emil mehr mag als nur einen Freund,* denkt sie sich mit Sicherheit. Hier ein Tipp: Spar dir die Mühe. Du bist nämlich unglaublich schlecht darin, Buffy. *Jeder* mit zwei Augen sieht den Elefanten im Raum. Wie oft ich schon einen mitleidigen »Da-kann-man-nichts-machen«-Blick von Freunden bekommen habe, als Buffy mit leuchtenden Augen an mir geklebt hat. Man sieht uns und denkt sich: how tragic. Die Schöne und der Gay.

Die Sache mit Kevin macht es nur noch komplizierter, denn Buffy ist phantastisch: hübsch, lustig, klug, schlagfertig, augenscheinlich *das* Komplettpaket! Sie könnte jeden haben. Aber es ist ausgerechnet der Fußball-Mannschaftskapitän, den sie an sich ranlässt, für den Moment zumindest. Und an seinem Ego kratzt es gewaltig, dass jeder von außen sehen kann, dass er wohl nur die zweite Geige spielt.

»Zeig noch mal«, fordert Buffy aus der Stille forsch und streckt mir die Hand entgegen, ohne den Blick von der Leinwand zu lösen. Ich grinse in der Dunkelheit. Sie hat aufgegeben und erkannt, dass es zu nichts führt. Es gibt keine rationale Erklärung dafür, dass sie lieber mich statt ihren Boyfriend an ihrer Seite hätte, und das zu erklären würde nur unangenehm werden. Also einigen wir uns, wie immer, stillschweigend auf: Haken dran, weitermachen.

Ich gebe ihr mein Handy, das Foto von Damian auf dem Display, und direkt wischt sie nach links. Sein trainierter Oberkörper kommt zum Vorschein.

»Hmm.«

»Was ›Hmm‹?«, frage ich entrüstet.

»Fitness-Bro-Dude halt«, entgegnet sie unbeeindruckt. Mit schnellen Fingern gleitet sie über den Bildschirm.

»Hey! Hast du die Fotos gerade an dich weitergeleitet?«

»Ich werd mal checken, ob der Typ echt ist oder ob er die Bilder nur von OnlyFans geklaut hat.«

Ich zweifle keine Sekunde daran. Sie hat halt nicht mit ihm geschrieben. »Schwachsinn. Wie willst du das überhaupt anstellen? Die wären dann doch eh hinter 'ner Pay Wall.«

»Du, ich hab da meine Methoden, glaub mir.«

»Ich weiß, dass er echt ist. Aber falls du tatsächlich 'ne geheime OnlyFans-Seite von ihm findest, schick den Link.«

Buffy verdreht genervt die Augen, dann zoomt sie in das Foto: »Immerhin schaut er *ONE VOICE*.«

»Huh?«

»Was ›Huh‹?«, bellt Buffy in meine Richtung, wofür sie sogar ein »Pssst« einer genervten Mutter kassiert.

»Die DVD-Box!«, antwortet sie mit gedämpfter Stimme, und jetzt lese ich den Schriftzug auch. Zum ersten Mal richtig. Hey, ich war abgelenkt von etwas Interessanterem auf dem Bild, okay?

»Wieso schickt er dir ein Bild davon?«

»Oh. Ich bau die Box nach. Als Tarnung für den Versand, damit seine Family nichts merkt.«

»Du ziehst das also echt durch ...«

Ich schweige. Natürlich ziehe ich das durch. Was auch sonst? Soll ich Damian sagen, dass das alles nur ein Experiment war? Ein Scherz? Oh Gott, das würde ihn so demütigen. Nie im Leben könnte er mir das verzeihen.

Eine unangenehme Stille kündigt sich an, also springe ich schnell in die Bresche: »Worum geht's bei *ONE VOICE* eigentlich?«

»Ist 'n Klassiker. Es handelt von einem Jungen und einem Mädchen, die sich verlieben, doch im Moment ihres größten

Glücks entfesselt sich ein Familienfluch, der auf dem Mädchen lastet, und beide verlieren die Fähigkeit, sich zu verstehen.«

»Wie jetzt? Sie spricht dann Französisch und er Kasachisch, oder was?«

»Witzig. Keine existierende Sprache, sie hören den anderen nicht mehr richtig. Es kommt nur Chaos an. Ziemlich kitschige Anime-Wahl für 'nen Pumper wie ihn.«

Sie dreht mir das Handy wieder hin und deutet auf Damians prall trainierte Brust. »Aber dann hast du doch jetzt die Antwort: Wer kauft Dildos bei Kleinanzeigen? Offensichtlich maskuline Romance-Fans, die diesen Kratzer in ihrer fragilen Männlichkeit mit übertriebenem Körperkult kompensieren müssen. Überrascht es uns, dass die sich auch gern mal was hinten reinschieben wollen? Hmm, ich würde sagen nein!«

Ein erneutes Zischen der nun schockiert dreinschauenden Mutter.

»Keine Sorge, Lady, das war das Fazit. Mehr gibt's dazu auch nicht zu sagen, oder?«, ruft Buffy und streckt mir eindringlich mein Handy entgegen.

»Nein. Ich denke nicht«, nuschle ich und versinke in meinem Sitz. Gerade als ich nach dem Handy greife, zieht sie es mir unter den Fingern weg.

»Moment, du hast ihm ein Foto von dir geschickt?« Hastig scrollt sie durch den Verlauf. »Ihr schreibt ja Romane! Emil, das ist irgendein Freak, das ist dir bewusst?«

Ich richte mich auf. »Jo, auch mal fragen, bevor du fremde Unterhaltungen liest?«

Sie zieht die Augenbrauen hoch und schaut mich entrüstet an.

Fremde war wohl das falsche Wort. Dann beginnt sie zu tippen.

»Hey, was schreibst du da!«

Ein erneutes »Psssschht!« aus den vorderen Reihen.

»Lass mich!« Buffy dreht sich auf ihrem Sitz, so dass sie mich mit ihren Füßen auf Abstand halten kann. Keine Chance für mich, in diesem Kampf die Oberhand zu gewinnen.

»So was habe ich ja noch nie erlebt«, faucht die Dame aus der zweiten Reihe. Als ich mich zu ihr drehe, sehe ich, dass sich alle Eltern und einige Kinder zu uns gewendet haben und unseren Kampf entrüstet beobachten. Eine Mutter hastet aus der Tür, mit Sicherheit, um sich zu beschweren.

Ich lasse von Buffy ab und schrumpfe in meinem Sitz zusammen, und auch sie setzt sich wieder aufrecht hin. »Ist ja gut, ist ja gut, wir beruhigen uns jetzt alle mal.«

Sie reicht mir das Handy zurück, und sofort schaue ich, was sie Damian geschrieben hat:

»E. Scheibenhauer, Rennruder Weg 20, Fedebek. Schick die Box doch mal lieber rüber. Und Geld via PayPal.« Darunter direkt Buffys Account, *SlayQueen*.

Slay. Queen. Toll, jetzt denkt er, ich meine es mit dem Gay-Vokabular *wirklich* ernst.

»Bist du bescheuert?«, fahre ich Buffy an.

»Was denn? Als diejenige, die sich das alles ausgedacht hat, sollte ich doch auch was davon haben, oder? Und wenn's dich so stört, dass der Typ deine Adresse hat, blockier ihn doch einfach.«

Das hätte sie wohl gern. Aber dazu hänge ich schon viel zu tief drin. Sie hat mich durchschaut und weiß genau, dass mein Interesse längst Damian gilt und nicht mehr unserem kleinen Kleinanzeigenexperiment. Wenn ich ihr widerspreche, müsste ich das zugeben. *Schachmatt*.

Geschlagen mit den eigenen Waffen. Also erneut: Haken dran, weitermachen.

»Außerdem: Wolltest du die Box echt nachbauen? Junge, du kannst nicht mal 'nen Papierflieger falten. *Das* hättest du nie überzeugend hinbekommen.«

Da hat sie recht. Darüber hatte ich mir noch gar keine Gedanken gemacht. Ich war die ganze Zeit so fixiert darauf herauszufinden, wie Damian aussieht und wer er ist, dass ich die Folgen gar nicht richtig durchdacht habe. »Scheiße. Ich muss ihm jetzt echt 'nen Dildo schicken.«

»So, jetzt reicht's!« Wütend springt die Dame aus der zweiten Reihe auf und dreht sich erneut zu mir. Doch bevor sie ein weiteres Wort rausbekommt, öffnet sich schlagartig die Tür, und Herr Parker, der Besitzer des Stadtkinos, stürmt in den Saal, gefolgt von Mutter Nummero 2.

»Die beiden!«, keift sie und wedelt aufgeregt in unsere Richtung.

»Emil, Buffy! Das war's für euch. Abflug!«

Die Kinder im Kino tuscheln aufgeregt kichernd, während ich mich kleiner mache, als ich mich eh schon fühle. Buffy hingegen rollt mit den Augen und nimmt genervt die Füße von der Lehne.

»Boah, Dad! Muss das sein?«

Kapitel 09: Damian

Ich bin so fucking müde. Es fühlt sich an, als würden meine Augenringe über die Wangen hinaus bis zum Kinn reichen. Mein elender Puls malträtiert meine Schläfen. Wenn ich könnte, würde ich ihn gerade am liebsten abwürgen. Normalerweise fühlt man sich nur so, wenn man sich am Vorabend hemmungslos weggesoffen hat, aber ich bin unschuldig. Zumindest, was das angeht. Lustlos stochere ich in den bereits völlig aufgeweichten Cornflakes vor mir herum, die so widerlich aussehen, dass ich sie auf keinen Fall mehr essen werde. Und selbst wenn ich wollte, würde ich keinen Bissen runterkriegen.

»Damian, ist alles in Ordnung? Du siehst ... erschöpft aus!«, meine Mutter, die mir gegenüber am Frühstückstisch sitzt, drückt sich vorsichtiger aus als sonst. Sie schlürft ihren Kaffee, ohne den besorgten Blick von mir zu lösen. Das bestätigt mir, dass ich *wirklich* fertig aussehen muss. Und dabei bin ich es gewohnt, unter der Woche nicht viel zu schlafen. Aber gestern war anders. Emma hat mir auf keinen meiner Erklärungsversuche geantwortet, und auch die vier Anrufe blieben unbeachtet. So was ist bisher noch nie passiert. Wir kennen uns schon so lange, waren ewig beste Freunde und haben zig Streits hinter uns. Streits, in denen vor allem Emma gelernt hat, direkt anzusprechen, was sie stört. Und ich? Ich bin ohnehin eher der entspannte Typ, den wenig aus der Ruhe, geschweige denn richtig auf die Palme bringt. Aber vollständig geghostet zu werden und nichts von ihr zu hören, das ist neu, und es stresst mich unnormal. Auch die letzte Bemühung, die jämmerlichen Wabbel-Flakes runterzuwürgen, bleibt erfolglos, also lasse ich den Löffel in die Schüssel fallen und stütze meinen Kopf mit beiden Händen ab.

»Mein Schädel tut so weh …«, murmle ich. Warum musste ich gestern nur so dumm sein?

»Dein Schädel tut also weh. Ist gestern irgendetwas passiert?« Die Stimme meiner Mum ist jetzt forscher, als hätte sie die Schwelle von »Mein Sohn braucht seinen Freiraum« zu »Ich muss wissen, was meinem Kind Sorgen bereitet« überschritten. Wobei Ersteres noch nie ihre Stärke war.

»Wo ist Vivi? Warum ist sie nicht hier?«, brumme ich, ohne sie anzusehen. Ich rechne damit, dass sie mich auffordert, ihre Frage zu beantworten. Aber das tut sie nicht.

»Sie hat gestern Abend angerufen und meinte, dass sie bei Ria übernachten möchte.«

Gut zu wissen, dass Vivis Handy funktioniert. Mir hat sie nämlich nicht geantwortet. Und als ich Ria gefragt habe, ob Vivi bei ihr sei, meinte die nur: »Nee, wieso? Ich bin bei meinem Vater in Berlin!«

Was für 'ne Farce.

»Ist sie nicht«, fauche ich, in vollem Bewusstsein, meine Schwester damit in eine ätzende Lage zu manövrieren. Aber selbst schuld. Dass Emma mich ignoriert, ist eine Sache, aber Vivi? Was ist eigentlich ihr Scheißproblem?

»Was sagst du da?« Mit mehr Schwung als nötig knallt meine Mum ihren Kaffee auf den Tisch und schaut mir entrüstet in die Augen. »Was soll das heißen, sie ist nicht bei Ria?« Nicht zu wissen, wo ihre Kinder sind, krönt die Liste der Dinge, die sie wahnsinnig machen. Dicht gefolgt von angelogen zu werden. Wenn sie wüsste, von wie vielen Notlügen ich allein in diesem Jahr schon Gebrauch gemacht habe, um mir etwas mehr Privatsphäre zu erkämpfen! Immerhin war sie der Hauptgrund dafür, dass ich diesen unfassbar umständlichen Kleinanzeigenplan aushecken musste.

»Ria ist bei ihrem Vater in Berlin.«

»Das kann jetzt nicht wahr sein …« Sie greift nach ihrer Tasche und beginnt, unruhig nach ihrem Handy zu kramen.

»Willst du mich eigentlich verarschen? Du weißt doch sonst immer alles!«, belle ich sie an.

»Was war das?« Die Luft im Raum gefriert schlagartig. »Damian, was hast du da gerade gesagt?«

»Ja, was denn? Sonst kreist du wie ein fucking Adler um uns rum, checkst sogar unsere Post und zwingst mich, deinen fast erwachsenen Sohn, die Tür aufzulassen, wenn meine Freundin zu Besuch ist. Wie krank ist das bitte? Aber wenn deine dreizehnjährige Tochter dich dreist am Telefon anlügt, schnallst du das nicht?!« Völlig in Rage springe ich auf.

»Du redest nicht in diesem Ton mit mir!« Auch meine Mutter erhebt sich, um ihre Autorität wiederzuerlangen. Zorn in ihrem Blick. Ihre Stimme zittert, und ich bin überrascht, wie schnell sie dieser Streit an ihre Grenzen treibt.

»Ja, was? Ist doch so! Du tust immer so, als seist du die Super-Mum, aber hast eigentlich keinen Plan, was abgeht!« Das Atmen fällt mir zunehmend schwerer. Normalerweise greife ich Leute nie so an, erst recht nicht meine Mum, aber letzte Nacht, ach, was laber ich, die ganzen letzten Tage haben meine Nerven bis zum get no strapaziert.

»So, jetzt reicht's. Das muss ich mir nicht gefallen lassen.« Ihre Stimme bricht, und ihr Blick wird glasig. Sie sieht aus, als müsse sie all ihre Kraft nutzen, um sich zu beherrschen. »Ich will dich nicht mehr sehen. Geh in dein Zimmer, Damian.«

»Nichts lieber als das!« Ohne sie noch mal anzuschauen, drehe ich mich um und versuche, wenigstens einen Teil meiner Wut draußen zu lassen, als ich meine Zimmertür mit Wucht hinter mir zuschlage.

***

Warum ist gerade alles so beschissen? Ich schnappe mir die Switch. Vielleicht bei *Smash Bros.* abreagieren? Nein. Dafür bin ich viel zu aufgebracht. Und jetzt hundertmal zu verlieren würde mich safe nur noch mehr frustrieren. Seufzend lege ich die Konsole zurück und schmeiße mich bäuchlings auf mein Bett. Was ein Abfuck, geht es mir durch den Kopf, während ich an die Wand starre. Ich fühle mich schlecht, dass ich so gemeine Sachen zu meiner Mum gesagt habe, aber ich kann ihre aufdringliche Art gerade nicht ertragen. Ich weiß, sie tut das nur aus Fürsorge und hat meine Breitseite nicht verdient, aber …

Ich Dreckssohn.

Ich drehe mich auf den Rücken und ziehe mein Handy aus der Hosentasche. Noch immer keine Antwort von Emma. Wenn das so weitergeht, werd ich wahnsinnig.

Ich öffne die Nachrichten und lese meine eher schlecht ausgereifte Entschuldigung sicher zum hundertsten Mal:

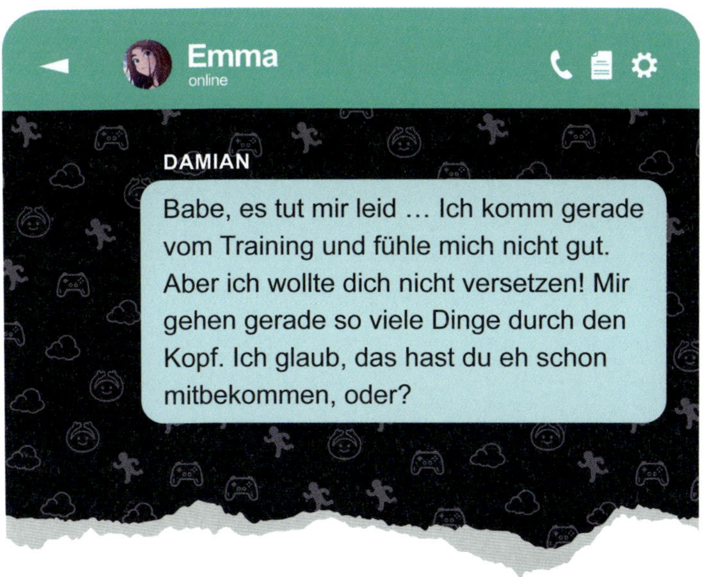

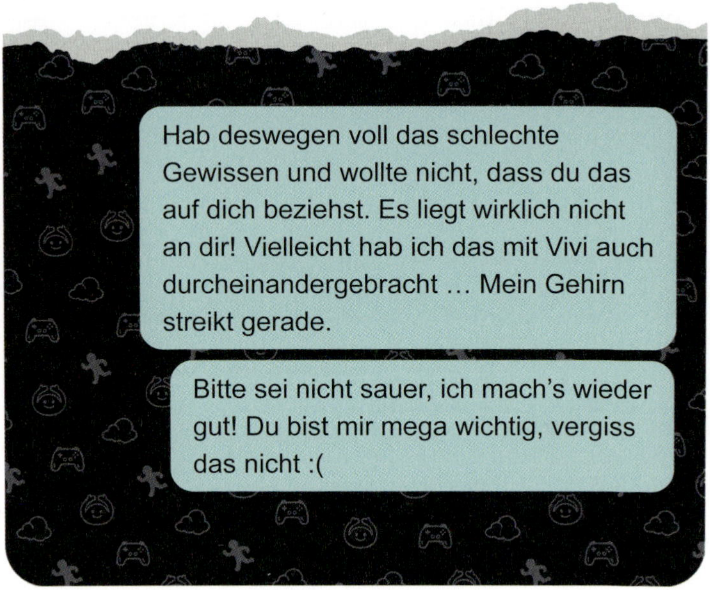

Keine Ahnung, ob das reicht. Ich hasse es, dass ich das mit Vivi geschrieben habe, aber es im Nachhinein zu korrigieren wirkt noch unglaubwürdiger. Ich konnte mich nicht mal zu einem »Ich liebe dich« durchringen, weil ich überhaupt nicht mehr einordnen kann, was gerade in mir abgeht. Ich weiß nur, dass ich Emma nicht verlieren will. Der Gedanke, es könnte doch so weit kommen, fühlt sich an wie ein gezielter Schlag in die Magengrube.

Openssohn, Drecksfreund.

Scheiße … Ich muss was tun, irgendwas. Soll ich noch mal anrufen? Oder direkt zu ihr nach Hause gehen? Die Suche nach einer Antwort auf diese Frage findet ihr Ende, als ich höre, wie sich die Haustür öffnet. Vivi ist da.

»Hola Mamà!«

Arme Vivi. Wenn du wüsstest, was dich gleich erwartet. Um das Spektakel nicht mit anhören zu müssen, stopfe ich mir

Kopfhörer in die Ohren und drehe die Musik bis zum Maximum hoch. Nach anfänglichem Wackelkontakt, der meinen Hass auf dieses Schrotthandy ins Unermessliche steigert, fängt sich das scheiß Teil zum Glück. Musik an, Welt aus, das hätten coole Tumblr-Kids wohl vor dem Tod dieser Plattform dazu gesagt.

***

Ich wäre fast in Trance gefallen, als die Tür plötzlich aufgestoßen wird und Vivi wutentbrannt in mein Zimmer stürmt. Zielgerichtet prescht sie auf mich zu und reißt mir die Kopfhörer aus den Ohren: »Sag mal, spinnst du jetzt komplett, Damian? Was verpetzt du mich bei Mama?!«

»Mach die Tür zu, sonst hört sie uns«, entgegne ich kalt. Mein Tonfall provoziert sie, aber sie tut, wozu ich sie aufgefordert habe.

»Warum sagst du ihr, dass ich nicht bei Ria war? Und woher weißt du das überhaupt?«

»Ich hab ihr geschrieben, nachdem du mich den ganzen Abend ignoriert hast. Ich hab mir Sorgen gemacht.« Worte voller Sarkasmus.

»Du bist so ein Arschloch!«, faucht sie verzweifelt, weil sie weiß, dass sie in nächster Zeit nicht mehr so leicht unter Mums Radar verschwinden kann. »Scheiße!« Wuttränen füllen ihre Augen, und sie stampft mit einem Fuß auf den Boden. »Was soll ich denn jetzt machen?«

»Mir zum Beispiel sagen, wo du wirklich warst.« Ich weiß auch nicht, was gerade mit mir los ist, aber ich empfinde kein Mitleid für sie. Ich bin von allem so endlos genervt.

»Mann, was soll das? Du weißt doch, dass ich bei Emma war!«

»Und jetzt weißt du auch, warum ich dich verpfiffen habe.«

»Hä, wieso?! Außerdem solltest du froh sein, dass ich dageblieben bin. Sie war nämlich richtig schlecht drauf gestern! Eigentlich wollte sie mir nur bei einer Zeichnung helfen, aber dann hat sie plötzlich angefangen zu weinen!«

Emma hat geweint?

»Sie meinte, sie weiß überhaupt nicht, was gerade mit dir los ist. Sie gibt sich so viel Mühe und versucht, eine gute Freundin für dich zu sein, aber du wirkst ständig so, als wärst du mit den Gedanken ganz woanders! Und sie hat das Gefühl, dass das nicht das erste Mal war, dass du sie angelogen hast.« Mit einer Hand wischt Vivi sich die Augen trocken.

»Toll, dass ihr euch so gründlich über unsere Beziehung ausgetauscht habt!« Jedes Wort, das meine Lippen verlässt, klingt wie das Zischen einer giftigen Schlange. Eine, die sich in die Ecke gedrängt fühlt.

»Ich müsste das nicht tun, wenn du mal Klartext reden würdest!«

Volltreffer.

Der quälende Puls von heute Morgen meldet sich zurück, und mein Gesicht fängt Feuer. Ich hole zum Gegenangriff aus: »Dieser ganze Scheiß geht dich überhaupt nichts an, also halt dich gefälligst raus!«

»Es geht mich sehr wohl was an, weil Emma auch meine Freundin ist! Keine Ahnung, ob das hier immer noch mit deinem blöden Dildo-Projekt zusammenhängt, aber vielleicht entscheidest du dich mal! Es reicht langsam, Damian! Emma ist wirklich traurig.«

Und wie es reicht! Blitzartig springe ich auf und packe meine Schwester mit beiden Händen an den Schultern: »Pass mal auf, Vivi!« Ich spreche in ungewohnt tiefer, fast bedrohlicher Stimmlage. »Das echte Leben ist nicht so einfach wie deine beschissenen Boys-Love-Animes. Check doch mal, dass nicht jeder direkt weiß, in welche kack Schublade er passt. Du hast keine Ahnung, was gerade bei mir abgeht, also halt die Fresse und verpiss dich.«

Sofort füllen sich ihre Augen erneut mit Tränen, nicht vor Wut, sondern weil sie eingeschüchtert ist: »Du hast recht … Ich check's echt nicht. Du bist sonst nie so ein Arschloch zu mir!« Sie schubst mich weg und öffnet die Tür. »Und nur damit du es weißt! Ich hab dich nicht verraten! Ich hab Emma gesagt, dass ich unsere Verabredung vergessen habe!« Sie wendet den Blick von mir ab und flüchtet in ihr Zimmer. Dann höre ich nur noch, wie sie anfängt, lauthals loszuweinen.

Drecksohn, Drecksfreund, Drecksbruder.

Ich muss hier raus. An die frische Luft, sonst erdrücken mich die Wände. In weniger als einer Minute habe ich meinen Gammellook gegen Sportklamotten getauscht und presche aus der Haustür ins Freie. Kein Wort zu Mum, keins zu Vivi.

Ich renne, so schnell ich kann, immer weiter, bis mir irgendwann so übel wird, dass ich mich am Wegrand übergebe. Wie kann es sein, dass sich mein verdammtes Leben innerhalb von ein paar Wochen in eine so miserable Richtung entwickelt hat?

Jetzt, mit Geschmack von Kotze im Mund, werden auch meine Augen glasig, aber wie meine Mum vorhin schaffe ich es gerade so, mich zusammenzureißen. Zum Glück bin ich in der Nähe der Bank, die ich sonst als Acht-Kilometer-Marke fürs Lauftraining benutze. Wenn ich fertig bin, bleibe ich oft noch ein bisschen hier, um mich zu erholen und, seien wir ehrlich, wie jeder in meinem Alter, am Handy zu chillen. Aber heute nicht. Heute lasse ich meinen Blick einfach durch den Park schweifen und versuche dabei, an nichts zu denken. Ich mag diesen Ort. Hier ist es oft ziemlich ruhig.

BZZ BZZ

Wie unhöflich von meinem Handy, die Stille zu unterbrechen. Du weißt echt nicht, wann genug ist, du Schrottklumpen.

Als ich sehe, wer mir geschrieben hat, zischt ein Blitz durch meinen Körper, und ich sitze kerzengerade.

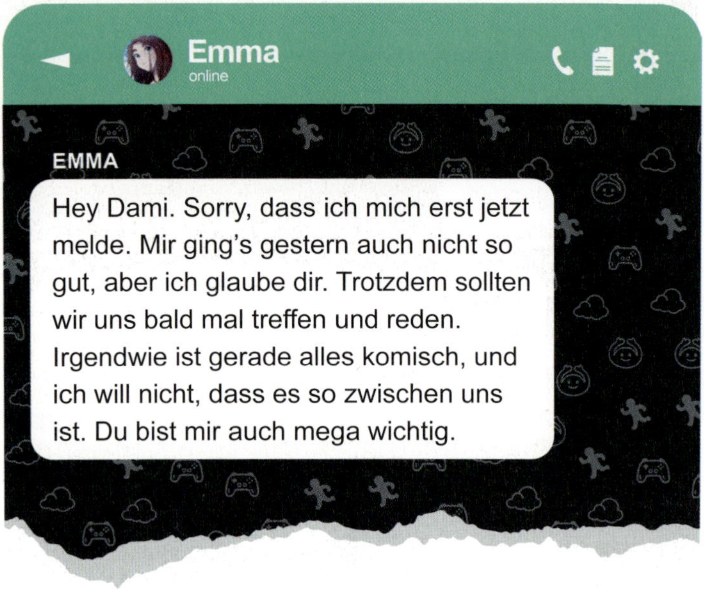

Kapitel 10: Damian & Emil

Enno
online

DAMIAN
Heeeey Enno, alles klar bei dir?

ENNO
Dami 🥰 jup jup

DAMIAN
Hast du Zeit? 👉👈 Würde richtig gerne mit dir reden. Heute war einer der beschissensten Tage in meinem Leben 🙃

ENNO
Fuck, was ist passiert?

DAMIAN
Hab mich heftig mit meiner Family verkracht … Bin richtig ausgerastet, hab meine Mutter angeschrien und meine kleine Schwester sogar zum Heulen gebracht … Kein Plan, ob's überhaupt schon mal so eskaliert ist 😔

Kennst du das, wenn sich ALLE um dich rum in dein Leben einmischen und dir sagen wollen, was du zu tun hast? Ich weiß, sie meinen es nur gut, und meine Mum macht sich Sorgen oder so

Aber ich komm gerade nicht drauf klar, ich brauche einfach meine Ruhe

ALLE fucken mich ab … Außer dir

Roman Ende 😬

ENNO

Außer mir? 😳😳😳🤯

Oh man, was ne Scheiße 🦔 Was ist denn genau passiert? Musst auch nicht erzählen, wenn du nicht willst

Und ja, I feel you 😪 Mein Dad ist seit dem Umzug genauso. Wann checken Eltern (und kleine Schwestern?), dass sie nicht ALLES kontrollieren können?

DAMIAN

AMEN, BRUDER! 🙏

Ist ne längere Story … Hab das Gefühl, das hat sich über die letzten Wochen angestaut, und heute bin ich explodiert 😩

ENNO

Ich nach dem No-Nut-November

DAMIAN

Jungeeeeee 😂 No-Nut-November??? Machst du da for real mit? Hab nie verstanden, warum man sich freiwillig so foltern sollte. Ich wär schon nach ner Woche hibbelig

ENNO

Jk. Aber hätte gar nicht gedacht, dass du auch mal an die Decke gehen kannst. Bei dir Tier sicher gruselig. Sei bitte nie sauer auf mich 😇🤭

DAMIAN

Bin überrascht, dass du nach diesem Satz kein Tier-Emoji gedroppt hast. Ich übernehme das für dich: 🐸🦇🙀🦊🐗🐠

ENNO

😾

DAMIAN

Aber ich kannte meinen Berserker-Modus vorher auch nicht haha 😅 Bin eigentlich gar kein Fan von Drama, aber das Leben meint's gerade nicht so gut mit mir … 😤

Und da du gerade der Einzige bist, den ich mag, bist du aus der Gefahrenzone, würde ich sagen 🐯

ENNO

Du magst mich! 🐤

Und du 💦 gern

Wieder zwei spannende Fakten für meinen Damian-🦇-Steckbrief! 🤗

DAMIAN

Führst du Buch über mich? 😬 Falls ja, kann ich dir noch ein paar spannende Facts über mich erzählen

Zum Beispiel, welchen Anime ich am liebsten schaue oder wie lang mein Schwanz ist 😬

ENNO

1. *ONE VOICE,* oder? Und 2. Bitte mit Kommastelle 🤤

Hast du die DVD-Box eigentlich schon losgeschickt?

DAMIAN

Yees, Paket ist längst unterwegs. Hab das Geld auch schon überwiesen! 😊

Ich weiß nicht … Bin ich? Faktisch gesehen nicht, zumindest nicht zum jetzigen Zeitpunkt. Aber wie hoch sind die Chancen, dass Emma und ich dieses Dilemma als Paar überstehen? Ich habe ihr kein »Ich liebe dich« geschickt und auch keins von ihr erhalten. Ich frage mich, ob das daran liegt, dass sie sich gefühlsmäßig nicht ausliefern will, oder ob sie mich vielleicht einfach nicht mehr liebt.

»Du bist mir mega wichtig« war die ehrlichere Nachricht, die sie genau so erwidert hat. Wir sind uns beide wichtig, das steht außer Frage, aber lieben wir uns noch? Liebe ich sie noch? Könnte ich es mir aussuchen, würde ich sofort laut »JA!« schreien, aber wie soll ich es schreien, wenn ich es nicht mal schreiben kann?

Außerdem denke ich in letzter Zeit immer wieder, dass wir als beste Freunde eh viel besser funktioniert haben. Dann wäre es auch egal, was am Ende dieser elenden Suche nach meiner Sexualität auf mich wartet. Ich seufze angestrengt und lege den Kopf in den Nacken.

Hat das alles überhaupt noch einen Sinn?

Je mehr ich darüber nachdenke, desto sicherer werde ich mir, dass diese Beziehung Gefahr läuft, nach unserem nächsten Gespräch zu zerbrechen. Aber wenn das passiert, wie geht's dann weiter?

Ein letzter roher Gedanke, den ich unter anderen Umständen niemals zugelassen hätte, blitzt für den Bruchteil einer Sekunde in meinem Schädel auf: *Fühle ich mich stärker zu Enno hingezogen als zu Emma?*

DAMIAN

Sollte mich aber mal auf den Heimweg machen

Richtig Bock, nach Hause zu gehen 😇 😇

ENNO

Du packst das!

Mood ist wieder down, oder?

DAMIAN

?

ENNO

Der Moment, in dem du mir ne Zahl schicken wolltest, ist schon vorbei, hmm?

DAMIAN

Morgen vielleicht, wenn du Glück hast 😬

Danke fürs Aufmuntern und auch für letztens, als du mir deine Story erzählt hast

ENNO

Kein Ding. Danke fürs Zuhören

* * *

Ich öffne WhatsApp, tippe kurz und schicke die folgende Nachricht – breit grinsend – an Damian:

ENNO

Ahhhhhhh!

17 cm ist das Teil, dass du dir auf Kleinanzeigen gekauft hast, falls du's schon vergessen hast 😛

Sicher, dass du dir da nicht zu viel zumutest für den Anfang? 😏

DAMIAN

Bin ein großer Junge, das passt schon 😏⬆️

Okay, ich habe, ehrlich gesagt, keine Ahnung, wovon ich hier rede 👉👈

Wie berechnet man so was???

ENNO

Öh

Gute Frage. Gar nicht, schätze ich 😅

DAMIAN

Toller Kundenservice 😒

ENNO

Das berechnet man nicht, das trainiert man 😋 Und du kannst von Glück reden, dass ich dir mit allen Größen aushelfen kann

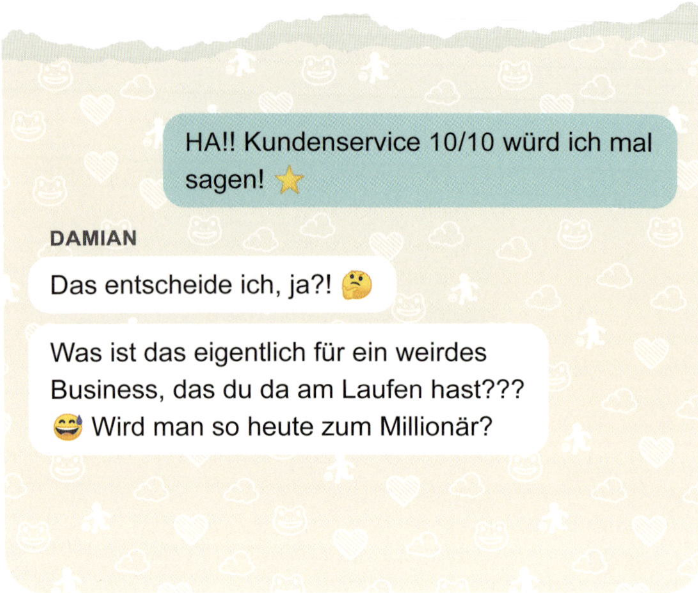

Je länger ich darüber nachdenke, desto weniger absurd klingt das. Gerade letztens habe ich ’ne Reportage über ’nen Typen gesehen, der seine alten Socken mit Wichsflecken verkauft und sich so selbständig gemacht hat. Egal. Irgendetwas sagt mir, dass das Gespräch hier und jetzt für immer beendet wäre, wenn er erfährt, dass das alles nur ein Joke war.

Bin ich’s ihm nicht sogar irgendwie schuldig zu helfen?

Immerhin hab ich das Ganze gestartet, um … na ja, wenn ich ehrlich bin, nur für ein paar Lacher und um Kevin zu beeindrucken. Ich hab überhaupt nicht darüber nachgedacht, wie es der Person auf der anderen Seite des Deals damit geht. *Ich* hab Damian hierhermanövriert. Er sollte nicht der Leidtragende sein.

Im Gegenteil. Ich sollte ihm ein Toy bestellen, das er wirklich will: richtige Größe, angenehmes Material. Hey, ein fremder Boy hilft einem anderen fremden Boy. Solidarität, was ist denn schon dabei? Ich tippe:

ENNO

Who knows 😶🌫️ Vielleicht veranstalte ich ja Dildo-Partys und verkaufe die an Freunde und Verwandte? Oder ich hab genug auf Vorrat wegen meines geheimen OnlyFans? Oooder ich bin ein perverser Creep, der's sexy findet, mit Jungs im Internet über Sextoys zu chatten 🧐

DAMIAN

Ein bisschen pervers bist du auf jeden Fall unterwegs 😏

ENNO

Nur bei dir! 🥺

DAMIAN

Bullshit hahaha du hast schon an Tag 1 wie ein notgeiler Opa geschrieben 🤨

ENNO

Verdammt. Hätte ja klappen können 🐸

DAMIAN

Und ich dachte, ich bin was Besonderes 😞

ENNO

Bist du! Besonders sexy, du geiler, spanischer Deckhengst 😏

DAMIAN

So was Süßes hat noch nie jemand zu mir gesagt ♥

ENNO

Wozu brauchst du das Teil eigentlich?

DAMIAN

Ehh … zum Reinstecken?

ENNO

Na ja, kannst auch dran lutschen

Nee also … Was genau erhoffst du dir davon?

Ich mein

Reinstecken und geil = gay
Reinstecken und nicht so geil = hetero?

DAMIAN

So ungefähr? 😐

Ich weiß doch auch nicht 🙃

Wie findet man es denn sonst heraus? Ich hab mich gefragt, was das Schwulste ist, das ich mir vorstellen kann, und so n Ding reingeschoben zu bekommen ist das, woran ich denken musste

Keine Ahnung, jetzt, wo ich es ausschreibe, finde ich auch, dass es richtig dämlich klingt 🙃

ENNO

Es gibt auch Gays, die nicht drauf stehen, so n Ding reingeschoben zu bekommen 🤷‍♂️ Also davon würde ich deine Antwort nicht unbedingt abhängig machen haha

DAMIAN

Aber du stehst schon drauf, oder? 😏

ENNO

Dude, ich hatte so lange NICHTS, ich nehm, was kommt haha

DAMIAN

Keine Ansprüche zu haben macht das Leben leichter, I guess

ENNO

😪 Find einfach beides nice, okay?

Fühlst du sonst gar nichts bei Typen? Ist es nur die Vorstellung von Sex?

DAMIAN

Hmm … Also bei meinem Trainingskumpel regt sich bei mir nichts. Aber wenn ich mir Pornos anschaue, finde ich Typen schon irgendwie geil

Und das mit dir hier ist auch ganz okay 😬

ENNO

Hahaha fühle mich geehrt

Also back to business. Wie viel darf's denn nun sein? 🍆

DAMIAN

Ich nehme das, was ich bestellt habe 😤 Und wenn's nicht passt, musst du mich halt als wiederkehrenden Kunden begrüßen

ENNO

Nach dem Dritten gibt's Rabatt 🤝

Und falls du Probleme hast, frag einfach. Helfe dir sehr gern jederzeit aus 😋

DAMIAN

Na das nenn ich doch 10/10 Kundenservice 😛 Kommst du dann vorbei oder machen wir das via Videochat? 😛

ENNO

Was immer du willst 😊

DAMIAN

Vielleicht hoffe ich jetzt ein bisschen,
dass die ersten zwei nicht passen

Kapitel 11: Emil

Das Teil hatte Damian in seinen großen, kräftigen Händen. Bei dem Gedanken wird mir ganz heiß. Als der alte Mann am Schalter mir das kleine, leichte Paket übergibt, strahle ich übers ganze Gesicht.

»Na, da muss ja was Tolles drin sein«, lacht er.

Aber nein. Da ist gar nichts drin. Es ist einfach nur ein leerer Karton mit Packpapier ummantelt. Fein säuberlich zugeschnitten und verklebt. Dass Damian trotz seines durchtrainierten Sportlerlooks so behutsam und sorgfältig mit seinen Fingern umgehen kann, turnt mich schon irgendwie an.

Verdammt, Emil!

Es ist nur ein zugeklebtes Paket und keine von ihm handgeformte Töpferschale oder so. Trotzdem erwische ich mich beim Verlassen der kleinen Poststelle dabei, wie ich den Schatz in meiner Hand nach irgendwelchen Spuren von Damian untersuche. Ein Fingerabdruck, ein Haar, irgendetwas, das mit der Sendung von ihm zu mir gelangt ist. Gott, bin ich creepy. Buffy hat vollkommen recht.

Mit dem Paket auf dem Gepäckträger schwinge ich mich auf mein Fahrrad, denn ich bin schon viel zu spät dran! Das Fußballtraining hat vor zehn Minuten begonnen, also tritt in die Pedale, Junge!

Vor der Sporthalle steht schon eine Traube rauchender Mädchen, die darauf wartet, dass die Tanz-AG beginnt. Inmitten von ihnen entdecke ich Buffy. Ich drängle mich an der Gruppe vorbei und kontere alle »Ganz schön spät, Emil« und »Nun aber schnell« mit einem frechen Grinsen.

Als sich Buffys und mein Blick treffen, deute ich vielsagend auf das Paket. Wie einen Siegerpokal strecke ich es mit beiden Händen hoch über meinen Kopf und mime einen übertriebenen Jubelschrei. Buffy versteht sofort, lächelt müde und formt mit ihren Lippen deutlich das Wort »Idiot«.

Die Jungenumkleide ist komplett leer. Kein Wunder, das Training ist bereits in vollem Gange. Aber hey, so wie ich hergerast bin, kann ich wenigstens das Aufwärmen überspringen. Während ich mich aus meinen durchgeschwitzten Klamotten pelle, höre ich, wie die Tanzmädchen die Umkleide nebenan betreten. Beide Räume sind zwar durch eine Wand getrennt, aber die Decke ist nur ein Metallgitter. Das hat den Vorteil, dass die Schule theoretisch beide Umkleideräume mit nur einer Anlage belüften kann, aber den Nachteil, dass ihr genau das nicht gelingt und sich nach dem Sportunterricht ein widerliches Duftgemisch aus Jungen- und Mädchendeos sowie einer gewaltigen Prise Schweiß in beiden Räumen breitmacht. Außerdem ist es übertrieben laut. Beide Parteien finden es nämlich urkomisch, das andere Geschlecht mit Phrasen, die Kopfkino erzeugen, zu provozieren, denn man hört einfach *jedes* Wort.

»Oh, Jessy, willst du meine Brüste anfassen?«

»Klar, komm her! Ohhh …«, höre ich die Mädels auf der anderen Seite gackern.

»Leute, das ist nur Emil nebenan, den jucken eure Brüste nicht, oder?«, höre ich Buffys laute Stimme.

»Jup!«, gebe ich knapp zurück.

»Langweilig«, murmelt Jessy. »Sorry, Emil.«

»Passt schon, du hast bestimmt ganz wunderbare Brüste! So, macht's gut, Mädels!« Schon bin ich aus der Tür und flitze auf unsere Seite der Sporthalle hinter dem runtergelassenen Raumtrenner.

Mein Trainer hält mir, wie erwartet, eine gehörige Standpauke über Disziplin und Teamgeist. Dass sich alle auf ihren stärksten Stürmer verlassen können müssen.

»Stimmt doch, Captain!«, ruft er Kevin zu, der sich hastig wegdreht, als hätte er nicht mitgehört, und sich schnaubend ins Spiel stürzt.

»Die Zeit läufst du hintenraus ab.« Das ist keine wirkliche Bestrafung für mich, und das weiß mein Trainer auch. Ich laufe gern auf Ausdauer. Das ist wie 'ne produktive Auszeit: Ich allein mit mir selbst, Kopf auf Leerlauf, und trotzdem formt man den Körper. Und Gott, hab ich 'ne Menge Körperformen vor mir, wenn ich neben Damian nicht total lauchig aussehen will. Wieso mache ich mir überhaupt Gedanken darüber, wie wir nebeneinander aussehen? Von einem Treffen war nie die Rede. Aber die Vorstellung fühlt sich gut an. Und doch verbanne ich den Gedanken in meinen Hinterkopf, dafür ist später beim Laufen Zeit. Ich fange das lila Leibchen, das der Trainer mir zuwirft, und jogge aufs Feld, wo ich von meinem Team mit Schulterboxern und Haarwuschlern begrüßt werde.

Kevin trägt kein Leibchen. Das heißt, er spielt bei den Gegnern, und obwohl es ein Trainingsmatch ist, spielt er, als hinge alles davon ab. Besonders im Zweikampf mit mir. Hatte es letzte Woche nur mein Schienbein erwischt, fürchte ich diesmal fast um mein Leben, mit solch einer Gewalt und Rücksichtslosigkeit geht er in jede Situation mit mir. Seine Augen glühen förmlich, und der Trainer kommt mit seinen Ermahnungen kaum hinterher.

Seit Bens Party haben wir uns nicht mehr gesehen, und wegen dem Zoff mit Buffy hat Kevin auch nicht vor der Schule auf sie gewartet, wo wir uns normalerweise treffen. Vermutlich wollte er keine Szene riskieren. Und all das Drama nur, weil er mir seinen Schwanz am Lagerfeuer halb ins Gesicht halten musste? Was sind das für straight Dudes, die denken, jeder Schwule würde gleich auf sie springen, nur weil sie was zwischen den Beinen haben? Das sind vermutlich dieselben, die denken, Frauen reagieren mit freudiger Ekstase auf ein ungefragtes Dickpic. In Sachen Flirten gibt's da noch 'ne Menge für dich zu lernen, Kevin. Und auch in Sachen Körperkontakt. Denn beim nächsten rammt er mir den Ellbogen in den Magen und tackelt mich mit voller Kraft zu Boden.

»Fuck, Mann!«, brülle ich, nun mit aufgeschrammten Knien. »Dein scheiß Ernst?«

»Das reicht, Kevin!« Der Trainer deutet auf die Tribüne. »Runter vom Platz!«

Kevin schaut auf mich herab. Da ist keine Regung in seinem Blick, als er sich schlussendlich abwendet und, ohne ein Wort zu sagen, das Feld verlässt. Meine Jungs eilen an meine Seite und helfen mir hoch, offenkundig genauso geschockt von der Brutalität ihres Mannschaftskapitäns.

»Was war das bitte?«, murmelt Ben.

Der Rest des Trainings verläuft ohne weitere Vorfälle. Die Schürfwunden auf meinen Knien brennen zwar, hindern mich aber nicht am Spiel. Hin und wieder, wenn ich zur Tribüne schaue, sehe ich, wie Kevin die Tanz-AG auf der anderen Seite des Raumtrenners beobachtet. Sein frustriertes Gesicht sagt mir, dass Buffy keine Anstalten macht, seinen suchenden Blick zu erwidern.

»Los, Kevin«, ruft ihm der Trainer nach dem Übungsspiel zu, »Torschussübungen.«

Und das war's. Zwanzig Minuten Tribüne, wow. Auch der Rest der Mannschaft ist nicht sonderlich begeistert von Kevins Softy-Behandlung, aber so ist das halt, wenn dein Vater zeitgleich Trainer ist. Alle meiden Kevin, der von sich aus aber auch keine großen Anstalten macht zu interagieren. Klar bin ich wütend, aber irgendwie tut er mir sogar leid. Ist seine Situation vielleicht gar nicht so anders als die von Damian? Ein

Unterschied ist aber ganz klar: Damian ist Single und würde seiner Freundin so was nie antun.

Als die Musik hinter der Trennwand verstummt und wir euphorischen Applaus hören, wissen wir, dass das Tanzen und somit auch unser Training vorbei ist. Jeder dreht noch eine Runde zum Auslaufen und verschwindet Richtung Umkleide. Als ich das laute Lachen und Schäkern der sich vermischenden Jungs und Mädels auf den offenen Gängen höre, atme ich einmal tief durch. Endlich Ruhe. Erst jetzt merke ich, wie die Anspannung von mir abfällt. Doch plötzlich bleibe ich stehen, denn es meldet sich eine Stimme in meinem Kopf: Hoffentlich lassen sie das Paket von Damian in Ruhe! Ich habe es unter all meinen Sachen versteckt.

Mein Herz rast.

Emil, chill! Was sollten sie schon darin finden? Es ist ein Anime-Karton. Eine DVD-Box. Und selbst wenn eine zärtlich-innige Liebeserklärung von Damian darin auf mich warten sollte, was sie nicht tut, völlig egal! Alle kennen dich. Alle wissen Bescheid! Wer du bist. Was du bist.

In solchen Momenten merke ich erst, wie tief mir das Trauma meiner letzten Schule noch in den Knochen sitzt, in jeder Faser meines Körpers. *Das kann dir hier nicht passieren.*

Ich atme noch einmal tief durch. Dann beginne ich, langsam loszujoggen, bereit für meine zwanzig Minuten Ausdauer-Session. Da öffnet sich die Tür, und Kevin betritt das Feld. Er sagt keinen Ton, doch seine Augen lodern noch immer. Fast bremse ich aus Verunsicherung ab, kann aber den Impuls unterdrücken. Ich jogge einfach weiter.

Keine Schwäche zeigen.

Was zum Teufel will er hier?

Als ich auf der anderen Seite der Halle angekommen bin und der maximale Abstand zwischen uns erreicht ist, joggt auch er los. Verstehe, er läuft vermutlich auch Strafrunden für die Aktion vorhin. Super, genau das habe ich jetzt gebraucht.

Schweigend umkreisen wir uns wie zwei Raubtiere. Beide den Blick starr nach vorn gerichtet. Das war's dann wohl mit den schönen Gedanken an Damian, in die ich mich fallen lassen wollte. Wie es wohl wäre, wenn wir uns tatsächlich treffen würden. Wie seine Stimme klingt. Wie er riecht. Nein, stattdessen laufe ich hier, mit dem Alarmsystem meines Körpers auf volle Empfindlichkeit hochgedreht: keinen falschen Blick riskieren, kein falsches Wort, keine Schwäche zeigen. Selbsterhaltung, einfach und primitiv. Wie Kevin.

Die Zeit vergeht wie in Zeitlupe. Runde um Runde, Minute um Minute, Sekunde um Sekunde. Dann ein lautes Horn, und die Stimme des Trainers ertönt durch die Lautsprecheranlage der Halle.

»So, ihr zwei! Ich hoffe, ihr habt eure Kabbeleien rausgeschwitzt. Vergesst nicht, das Team steht immer an erster Stelle. Das gilt für euch *beide*, klar? Und jetzt ab mit euch!«

Gott sei Dank bin ich dichter an der Tür und biege sofort ab. Ich bin in der Umkleide, noch bevor ich Kevins Schritte im Flur hinter mir hören kann. Bloß raus hier. Hektisch entledige ich mich meiner Sporthose und ziehe meine Jeans an. Die Situation ist so was von unangenehm. Vielleicht lässt er sich extra Zeit, um der Konfrontation aus dem Weg zu gehen. Unter fast krampfhafter Spannung reiße ich mir mein Trikot vom Leib und greife mein Shirt aus meiner Tasche. Damians Paket, das ich darunter versteckt hatte, fällt geräuschvoll zu Boden und hallt in den leeren Räumen der Umkleide nach. »Fuck«, zische ich. Ich hocke mich auf meine brennenden Knie, um den Karton unter der Bank hervorzufischen, wo ich ihn versehentlich hingeschleudert habe.

»Auf den Knien, wo du hingehörst.« Kevin! Etwas Abfälliges

und doch Amüsiertes schwingt in seiner Stimme. Ich drehe mich um und presse das Päckchen an mich. Da sehe ich ihn, groß und gewaltig, im Türrahmen der Jungenumkleide stehen.

»Was ist dein Problem?« Mist! Meine Stimme ist wackeliger, als ich's gern hätte.

Er macht einen Schritt nach vorn, um die Tür geräuschlos hinter sich zu schließen.

»*Mein* Problem, Emil? *Ich* habe kein Problem.« Langsam kommt er auf mich zu. Immer noch wie ein Raubtier, nur ich bin wohl mittlerweile die Beute. »Die Frage ist, was ist *dein* Problem? Was hast du Buffy über uns erzählt?« Er steht nun vor mir, und auf unangenehme Weise erinnert es mich an die Situation am Lagerfeuer. Um auf Augenhöhe zu kommen, versuche ich, mich mit einer Hand aufzurichten, während ich mit der anderen Damians Paket fest an mich drücke.

»Gar nichts! Ich habe ihr gar nichts erzählt!«

»Klar, und darum kommt sie direkt nach der Nacht bei Bens Party – nach *der Sache* – zu mir und macht ein Fass auf?« Seine Stimme zittert auch, aber nicht vor Unsicherheit, sondern vor Wut. »Nachdem sie bei dir geschlafen hat, Emil?«

»Ich schwöre, ich habe nichts gesagt!«

»LABER DOCH NICHT, MANN!« Aggressiv schlägt er mir das Paket aus der Hand. »Guck, ich wollte nett sein, weil Buffy gesagt hat, wir müssen klarkommen, also war ich nett zu dir. Obwohl du jedes Mal beim Fußball die arrogante Schwuchtel raushängen lässt, wenn du irgendwas besser hinbekommst, und kein Schwanz sagt was, weil man sonst der homophobe Hinterwäldler ist!«

»Keiner sagt was, weil du der Einzige bist, der auf sein Ego nicht klarkommt, Kevin.«

Mit einem Mal presst er seinen Unterarm auf meine Brust und drückt mich so nach hinten, bis ich die Wand an meinem nackten Rücken spüre. Die Bank ist im Weg, und ich rutsche nach unten, bis ich sitze.

»Du erträgst es nicht, die Nummer zwei zu sein. Weder beim Fußball noch bei Buffy.«

BAM. Und schon hat er mir eine verpasst. Meine Nase ist taub, und ich spüre das Blut auf meine Oberlippe laufen, als ich den Kopf senke. Da beugt sich Kevin schon zu mir herab.

»Ich wollte nett sein, Emil. Für Buffy. Aber jede Nettigkeit hast du zu irgendeiner schwulen Scheiße gemacht. Ich versuche, über deine peinliche Sextoy-Situation zu joken, und du machst es weird.«

»Ich? *Du* hast gesagt, dein Teil passt in mich ...«

»Du schaust mir auf den Schwanz und machst mich dumm an, obwohl ich nur nicht wollte, dass du allein am Feuer sitzen musst!«

»Du hast vor mir deinen ...«, doch er fällt mir ins Wort.

»Und das hab ich Buffy auch erzählt, dass mir das zu dumm wurde und ich darum abgehauen bin! Weil du mich ununterbrochen anbaggerst.«

Ich krieg kein Wort mehr raus. Bin ich im falschen Film? Das kann nicht sein. Hab ich die Signale die ganze Zeit falsch gelesen? »Kevin ...«

Er lässt von mir ab und geht einen Schritt zurück. »Ich bin nicht schwul, klar? Respektier das.«

Dann, aus dem Nichts, hallt eine Stimme durch die Umkleide. Niemand ist zu sehen, aber ich höre sie laut und klar:

»Ich hab dich immer verteidigt, Emil, dabei hatte er die ganze Zeit recht?«

Es ist Buffy.

»Babe?!« Kevin schaut verwirrt umher. Er braucht einen Moment, um die Situation zu verstehen, da knallt die Tür der Mädchenumkleide nebenan. »Buffy!«

Er rennt zur Tür und raus auf den Gang. Hastig folge ich ihm und sehe, wie Buffy in Richtung Hallenausgang läuft.

»Buffy, warte!«, rufe nun auch ich. Das kann doch nicht wahr sein!

Als ich Kevin durch die Tür folge, sehe ich ihn hinter Buffy herrennen, die wütend die Straße hinabläuft. Kalter Regen prasselt auf meinen immer noch nackten Oberkörper, und der Wind pfeift durch die Bäume vor der Halle.

»Bleib stehen! Babe, hör mir doch zu.«

Und das tut sie. Ihre Haare peitschen im Sturm, als Buffy sich auf dem Absatz umdreht und ihm mit voller Wucht zwei Finger auf die Brust setzt: »Lauf mir nicht nach!« Sie streckt sich hinauf zu ihm, um sicherzugehen, dass er die Wut in ihren Augen sieht. »Ich hab nach dem Training auf dich gewartet, weil ich dir eigentlich noch 'ne Chance geben wollte!«

»Aber ich hab doch die Wahrheit gesagt!«

Völlig außer Atem komme ich neben Kevin zum Stehen: »Wahrheit? Als ob.« Ich näsel. Blut von Kevins Schlag verstopft meine Nase. Angsteinflößend funkelt er mich an, doch Buffy denkt gar nicht daran, ihn vom Haken zu lassen.

»Mein Teil passt in dich rein, oder was hast du zu Emil gesagt? Findest du das lustig?« Sie steht unter Strom, 10.000 Volt.

Ich schweige, denn das scheint mir das Klügste, solange sie mich nicht direkt anspricht.

»Mann, du kennst doch meinen Humor«, windet sich Kevin, dem das alles offensichtlich mehr als unangenehm ist.

»Soll ich das aus Spaß zu 'nem anderen Typen sagen? Dein Schwanz passt prima in mich rein? Findest du das dann immer noch lustig?«

»Nein, Mann! Aber mir fällt sofort jemand ein, dem du das allzu gerne anbieten würdest.« Kevin nickt mit zusammengezogenen Augenbrauen zu mir.

Aber Buffy lässt sich keine Sekunde darauf ein. »Ohhh, nein, mein Freund! Wage es nicht, dein Handeln auf mich oder Emil abzuwälzen, klar? Du bist für deine Taten und deine Worte verantwortlich. Wenn du so einen Scheiß laberst, bist du schuld! Wenn du mich besoffen auf 'ner Party zurücklässt, bist du schuld! Und jetzt mach 'nen Abflug! Ich will dich nicht mehr sehen!«

»Aber –«

»VERZIEH DICH!«

Kevin hält den Atem an, als wolle er widersprechen. Dann sackt er in sich zusammen und dreht sich mit gesenktem Haupt um: »Du und er, das ist erbärmlich, Buffy.« Kopfschüttelnd wankt er in Richtung Halleneingang.

Sie schweigt, und ich warte, bis er außer Hörweite ist.

Dann durchbreche ich die Stille.

»Oh Mann. So ein Arsch.«

»Halt den Mund, Emil.«

Ich bin verdutzt. Sie glaubt mir doch, oder?

»Buffy, ich hab ihn nicht angemacht, ich schwör's. So wie er das darstellt, war das nicht. Das ging von ihm aus!«

»Meinst du, das weiß ich nicht?« Sie schaut mich nicht an. »Meinst du echt, ich kenn seine Gaslighting-Technik nicht? Weiß nicht, dass er dir jedes Wort im Mund umdrehen kann, bis du alles, was du glaubst zu wissen, in Frage stellst?« Ihre Stimme bebt.

Genauso war es! Für einen kurzen Moment habe ich selbst gezweifelt. Liegt es an mir? Trage ich eine Mitschuld? Habe ich ihn ermutigt oder vielleicht sogar genötigt? Aber das hab ich wirklich nicht.

»Ich hab nichts gemacht, Buffy.«

»Fandest du es aufregend«, wütend schaut sie auf, und ihre Augen glänzen unter Tränen, »dass mein Freund dich anflirtet?

Die *eine* Person, die mich nie mitleidig angeguckt hat, wegen der Sache zwischen dir und mir? Und tu jetzt nicht, als wüsstest du nicht, wovon ich rede. Du hast es doch genossen, immer ein Groupie um dich zu haben, oder?«

Ihre Worte schmerzen, denn sie feuert sie wie aus einer Kanone auf mich. Darauf bin ich nicht vorbereitet. Wir reden nie über uns. Alles lief immer gut, *weil* wir nicht drüber reden. Aber jetzt, wo ich in ihre wutverzerrten Augen schaue, weiß ich: Es war nie alles gut. Es brodelte immer unter der Oberfläche.

»Buffy, bitte glaube mir, ich hab wirklich nichts getan!«

»Das ist es ja. Du hast nichts getan. Kein Wort gesagt. Ich kenne dich, Emil!« Bedrohlich kommt sie auf mich zu, und vorsichtig weiche ich einen Schritt zurück. »Du und deine kleinen Geheimnisse! Wenn du nicht mit mir redest, dann weil es dir etwas bedeutet! Weil es etwas ist, das du nicht mit mir teilen willst. So wie die Sache mit Damian! Du hast alles kaputtgemacht, Emil. Ich bin durch mit euch beiden.«

Sie dreht sich um und geht, und ich bleibe zurück. Im kalten Aprilregen stehe ich auf der Straße, schaue ihr nach und kann nicht widersprechen. Sie hat recht. Ich hab alles kaputtgemacht.

***

Durchnässt betrete ich die Umkleidekabine. Kevins Sachen sind längst weg. Mein Körper fühlt sich taub an, meine Arme und Beine schwer. Ist es die Kälte, die mich so zittern lässt? Warum habe ich Buffy gehen lassen, ohne etwas zu sagen? Warum? Ist das der Punkt ohne Wiederkehr? Von dem wir immer wussten, er wird irgendwann kommen?

Ich schaue hinab und sehe Damians Paket. Es ist kaputt. Kevin muss vorhin im Streit draufgetreten sein.

Ich hocke mich davor auf die schmerzenden Knie und beginne, es behutsam auszupacken: das Klebeband zu lösen, das braune Packpapier zu entwirren, den schwarz-goldenen Karton zu biegen, zurück in seine ursprüngliche Form, doch es gelingt mir nicht. Auch wenn ich mich noch so sehr bemühe: Er wird nie wieder aussehen wie zuvor.

Kapitel 12: Damian

KLOPF. KLOPF. KLOPF.

Ein unverschämt lautes Wummern reißt mich gewaltsam aus meiner Trance. Was zur Hölle? Ich ziehe meine Kopfhörer aus den Ohren, und die Musik verstummt. Verwirrt wandert mein Blick aufs Handy: Es ist 10.30 Uhr. Am Mittwoch! Wer klopft zu so einer Zeit an unsere Haustür? Die Post kann es nicht sein, denn die kommt selbst bei »garantierter Zustellung zwischen 9–12« nie vor 16 Uhr. Und Mum auch nicht. Die denkt, ich sei in der Schule.

Wer also wagt es, mich an meinem frei geschwänzten Tag zu stören? An dem Tag, den ich so dringend brauche, um mal kurz Abstand von der Abwärtsspirale zu gewinnen, die sich aktuell mein Leben schimpft. An dem ich mir fest vorgenommen habe, von morgens früh bis spät in die Nacht nur Animes zu schauen, meinem Kopf eine Pause zu gönnen und vor allem mit niemandem zu reden. Na gut, außer vielleicht mit Enno, denn dem wollte ich später ohnehin noch schreiben. Auch das klärende Gespräch mit Emma steht noch an, aber darüber will ich heute eigentlich nicht mehr nachdenken. Wir haben uns für Freitag nach der Schule verabredet. Viel später geht auch nicht, denn es bleibt nicht mehr viel Zeit, bis es an die Ostsee geht.

Je näher dieses Datum rückt, desto mulmiger wird mir. Ob wir einen Weg finden werden, unsere Beziehung wieder in den Griff zu kriegen? Oder ... bin ich es Enno schuldig, mich von ihr zu trennen, weil ich ihm am Wochenende geschrieben habe, ich sei Single? Wird sie Schluss mach...

KLOPF. KLOPF. KLOPF. KLOPF. KLOPF.

»Meine Fresse, ist ja gut!«, fauche ich leise. »Wie nervig kann man sein?!«

Die Entscheidung, den aggressiven Störenfried einfach zu ignorieren und so zu tun, als hätte ich nichts gehört, wurde mir durch dessen Hartnäckigkeit wohl abgenommen. Widerwillig schwinge ich mich mit einem Ruck aus dem Bett. Für einen Apriltag ist es heute ziemlich warm, und da ich mein Tanktop von gestern auf die Schnelle nicht finden kann und auch zu faul bin, ein neues aus dem Schrank zu fischen, verlasse ich mein Zimmer nur mit einer Jogginghose bekleidet. »Ach, scheiß drauf«, murmele ich, während sie sich auf dem Weg zur Tür fast verabschiedet. Pech gehabt, wer von einem zurechtgemachten Damian empfangen werden will, darf nicht versuchen, unsere Tür zu zertrümmern. Halbherzig ziehe ich meine Hose so weit nach oben, dass sie gerade eben noch alles Unanständige bedeckt, dann mache ich auf.

»Hallo?«, sage ich ausdruckslos.

»Jo, Bruder, alles – OHA!! Was geht denn bei dir ab?!« Lucas überschwängliche Begrüßung wird von meiner unfreiwillig obszönen Darbietung unterbrochen. »Erwartest du Frauenbesuch oder so?!« Ruckartig macht er einen Satz nach hinten, fügt dann aber in verschmitzter Tonlage hinzu: »Kommt Emma etwa gleich vorbei?«

»Junge, wir haben auch 'ne Klingel. Kein Grund, unsere Tür einzuschlagen!« Ich weiß nicht, was ich auf seine durchaus nachvollziehbare Frage antworten soll, also übergehe ich sie einfach. Ich Idiot hätte zehn Sekunden länger nach dem blöden Tanktop suchen sollen.

»Ich brauch keine Klingel. Klopfen ist mein neues Markenzeichen.« Voller Stolz präsentiert Luca seine Masche: »So weiß jeder direkt, dass *ich* vor der Tür stehe!«

Das ist so was von Luca. Diese Begründung überrascht mich *überhaupt nicht*, es hätte keine sinnigere geben können. »Natürlich«, antworte ich und kann nicht anders, als kurz zu schmunzeln. »Du hast so ’nen Schaden, Alter«, lache ich jetzt und ziehe meine Jogginghose dabei so nebensächlich wie möglich auf eine angemessene Höhe zurück. Diesmal mit einem straffen Knoten im Bund, damit sie nicht gleich wieder abhaut. »Was machst du hier?«

»Ich wollte eigentlich nur schauen, ob bei dir alles okay ist, weil du heute nicht in der Schule warst.«

»Jo, wahrscheinlich! Nichts für ungut, aber dann hättest du mir auch einfach schreiben können.« Ich bin mir ziemlich sicher, dass das nicht der Grund ist, warum Luca vor meiner Tür steht. »Außerdem … ist es halb elf. Haben wir nicht gerade Mathe?«

»Ausgefallen. Freistunde«, grinst er zufrieden.

»Wow.«

Klar, an dem einen Tag, an dem ich schwänze, fällt das schlimmste Fach sowieso aus. Danke für nichts.

Skeptisch ziehe ich eine Augenbraue hoch und beobachte den aufgeregten Grizzlybären. »Komm, hau raus. Was willst du mir wirklich sagen?«

»Na schön, erwischt!«

Erwischt? Kann man nicht nur erwischt werden, wenn man sich Mühe gibt, etwas zu verbergen?

»Also, Dami …«, Luca räuspert sich und fängt auf einmal an, in einer seltsam pseudoepischen Tonlage weiterzusprechen, »ich weiß, der Kampf war hart.«

Dramatische Pause.

»Eh … Hä?«

»Lang und hart, wie mein bestes Stück!«

»Oh. Mein. Gott. Luca, was willst –«

Er schneidet mir das Wort ab. »Du hast verbittert versucht, das Spiel für dich zu entscheiden. Alles, was in deiner Macht stand, gegeben. Hast dich nicht einschüchtern lassen, obwohl du wusstest, wie mächtig, ja quasi unbezwingbar, dein Gegner ist.«

Ich ahne Fürchterliches.

»Aber heute muss ich dir leider mitteilen und damit feierlich verkünden, DASS ICH DICH FUCKING VERNICHTET HABE!« Wie einen goldenen Siegerpokal hält er mir nun sein Handy mit dem Screenshot der Trainingszusammenfassung direkt vor die Nase und prahlt: »29 Minuten und 42 Sekunden. Damit habe ich die acht Kilometer offiziell unter der 30-Minuten-Marke geschafft und bin der rechtmäßige Gewinner unserer Wette!« Er nimmt eine majestätische Pose ein und sieht dabei aus, als erwarte er, dass ich vor ihm auf die Knie gehe oder so.

Das werde ich natürlich nicht tun, außer er verlangt das als seinen Siegerpreis. Aber ich muss zugeben, krasse Leistung. Ich war seit dem letzten Mal vor einer Woche gar nicht mehr laufen und hab ehrlich gesagt auch nur selten an die Wette gedacht. Was soll's, dann muss ich mir halt bis zum Ende meines Lebens anhören, dass ich ein Loser bin und gegen ihn verloren habe. Zum jetzigen Zeitpunkt ist das tatsächlich die verkraftbarste Enttäuschung. »Damn, nicht schlecht, Alter!« Auch, wenn ich mich vor den Konsequenzen grause, will ich ihm ehrliche Anerkennung für seine Leistung schenken.

»Häää? Nee, so geht das nicht! Du musst dich schon ein bisschen aufregen, sonst macht das keinen Spaß!«, nörgelt Luca.

»Oh mein Gott, du bist so nervig!«, ich boxe ihm gegen die Schulter. »Na schön, du hast das gar nicht verdient, weil ich in Wahrheit viel besser bin als du!«

»Wow, was für eine erbärmliche Performance.«

»Selber wow.« Okay, meine Konter stinken heute wirklich.

»Egal, bist du bereit für deinen Wetteinsatz? DER wird dich nämlich ins Schwitzen bringen!« Selbstgefällig zieht er seine Mundwinkel in die Höhe.

»Muss ich jetzt wirklich für dich hinhalten?« Ich lasse mich von seinen Drohungen nicht mehr einschüchtern, weil ich die über die letzten Wochen eh schon dauernd zu hören bekommen habe. Also lehne ich mich mit den Unterarmen gegen den Türrahmen, schließe die Augen und drehe meinen Arsch in seine Richtung: »Hier, nimm dir, was dir zusteht!«

Der zweite Akt meiner Show scheint Luca besser zu gefallen als die künstliche Empörung, er applaudiert sogar: »Ja, so ist das viel besser!« Er kommt ein Stück näher auf mich zu und legt mir eine Hand auf die Schulter. »Aber leider muss ich dich enttäuschen, Dami. Dein Allerwertester ist diesmal nicht das Objekt meiner Begierde, sondern ...« Er dreht mich um und schnellt mit seiner Hand in meine Hosentasche.

»Eh ... Luca?!« Okay, damit habe ich nicht gerechnet. Weder mit dem Körperkontakt noch mit dem Griff in meine Hose. Verlegen schaue ich ihn an: »Was soll der Quatsch?«

»... dein Handy!«, mit diesen Worten lässt er von mir ab, mit der Beute in seinem Besitz. »Das gehört für die nächsten 24 Stunden mir. Mit all deinen Geheimnissen!« Ich schwöre, es fehlt nur noch das teuflische Lachen, dann ergäbe er das perfekte Bild eines Cartoon-Bösewichts. »Dein Passwort war doch, hier ... das Erscheinungsdatum von *ONE VOICE*, richtig?«

Oh nein. Nein, nein! Das ... das geht nicht. FUCK, was mache ich denn jetzt?! Denk nach, Damian.

Innerhalb der nächsten zehn Sekunden gehen mir gefühlt tausend Gedanken gleichzeitig durch den Kopf. Von jetzt auf gleich werden meine Hände schwitzig und meine Sicht unklar. Ich kann Luca nicht mein Handy überlassen! *Alle* Chatverläufe mit Enno, Fotos, der Mail-Austausch über den verdammten Dildo sind auf diesem bescheuerten Smartphone. Wenn er das sieht, bin ich gefickt.

»Bruder, was schaust'n jetzt so? Hast du schmutzige Fotos

auf deinem Handy, oder was?« Heiter tippt er den Code auf meinem Display ein. Ich hasse mich dafür, dass ich den nie geändert habe. Dieser Idiot hat keine Ahnung, wie sehr er und sein dummer Preis mich gerade stressen. Wieso musste es so was sein? Was zur Hölle soll ich jetzt antworten? Ich kann ihn ja wohl schlecht darum bitten, sich was anderes auszusuchen. *Die Regeln der blinden Wette, bei der der Gewinner einen Preis ohne Widerrede einfordern darf, waren klar formuliert und müssen aus Gründen der Ehre eingehalten werden,* bla bla. Aber kann ich mir in dieser endlos beschissenen Situation gerade wirklich Integrität leisten?

»Lebst du noch?«

Wie erstarrt schaue ich ihn an. »Eh ... Luca, hör mal ...«

»Hm?« Ich kriege nur einen Teil seiner Aufmerksamkeit, weil er bereits wie wild auf dem Display hin- und herwischt.

»Luca, kannst du mir mein Handy bitte noch mal kurz –«

»JO??!«

»Hm?!«

»Was ist das denn für 'ne abgefuckte Scheiße?!«

Ich glaube, ich muss gleich kotzen. Warum ist mir nicht mal *ein* Tag Auszeit von diesem endlosen Drama vergönnt? Was hat er gesehen? Meine Oben-ohne-Fotos für Enno? Den Chat übers Schwulsein? Die Passage, die ich über ihn geschrieben habe? Fuck, Mann, ich brauche dringend Antworten. Wie in einer Kurzschlussreaktion reiße ich seinen Arm an mich heran, um ebenfalls einen Blick aufs Handy zu erhaschen. Egal, was da kommt, ich werde schon eine Ausrede finden.

Aber auf das, was mich erwartet, bin ich nicht vorbereitet. Und es zieht mir eiskalt die Beine weg.

»Ist das ein kranker Scherz?« Lucas Stimme ist jetzt leiser. Meine Augen überfliegen eine Mail, die vor wenigen Minuten in meinem Postfach gelandet ist:

Von slayqueen.no01@weebmaily.com

Hey Damian,
hier ist nicht Enno (btw: nicht mal sein echter Name).
Ich weiß, was bei euch läuft, weil er es überall rumerzählt.
Du bist der Typ, der testen will, ob er gay ist, indem er sich nen gebrauchten Dildo bei Kleinanzeigen bestellt hat.
Du bist so ein Clown, wenn du denkst, du wirst je etwas bekommen.
Jeder Chat ist ein SharePic in unserer WhatsApp-Gruppe.
Jeder Flirt 'n Joke, über den wir lachen! Ich fand einfach, es reicht, und darum schreib ich dir. Aus Mitleid.
Emil wird weiterlügen. Wenn du klug bist, schreib ihn ab.

xoxo
SlayQueen

PS: Das Foto dient nur als Beweis. Ich hab's von Emil.

Was geht hier ab? Wann bin ich falsch abgebogen? Das kann doch nicht fair sein.

Obwohl ich schon längst fertig gelesen habe, starre ich weiter regungslos auf die ekelhaften Zeilen vor mir. Das ist ’n Prank, oder? Das kann nicht die Wahrheit sein. So viel, wie wir geredet haben, Enno ist doch mein … Ich versuche, meinen Blick von der Nachricht zu lösen, aber es gelingt mir nicht. Hat Enno mich wirklich die ganze Zeit verarscht? Oder wie immer er auch heißt? Das stechende Gefühl von Panik und Verrat übertrumpft meine Willensstärke und lähmt selbst die kleinen Muskeln, die normalerweise meine Augen bewegen. Die Augen, mit denen ich schleunigst einen Blick auf Luca werfen und die Situation abchecken sollte, um mir in den paar Sekunden, die mir noch bleiben, eine Ausrede zu überlegen.

»Haha … ha …« Zögerlich senkt Luca seine rechte Hand, in der er mein Handy hält, und fährt sich dann mit dem Rücken seiner linken über die Stirn. »SlayQueen? Scheiße Mann, wenn hier jemand ein Clown ist, dann die! Wie kann man so abgefuckt sein?!«, angewidert schüttelt er den Kopf. »Und was ist Enno bitte für ein alberner Name?«

Enno, Emil. Allein der Klang dieser verdammten Worte irritiert mich. Fuck!

»Hast du einen Plan, wer so was …« Als Lucas Blick meinen trifft, verpasse ich den Moment zu reagieren. Ich weiß einfach nicht, was ich sagen soll. Mir fällt nichts ein, keine Ausrede, kein Kommentar. Also bleibt nur der zutiefst verunsicherte Ausdruck in meinen Augen.

»Ich …«, setze ich an, ohne einen Plan, wie der Satz enden könnte.

»Jo, Dami …« Es ist unmöglich zu übersehen, wie krass mich das Ganze aus der Bahn wirft, weswegen Luca mir als tröstende Geste eine seiner Pranken auf die Schulter legt. »Komm … Eyyy, vielleicht ist das nur ’ne weitere erbärmliche Aktion von Tanya und ihren ätzenden Freundinnen. So als Rache, weil du sie nicht willst? Die … die sticheln doch auch dauernd gegen Emma!« Sein Aufmunterungsversuch in allen Ehren, aber der Ton seiner Stimme verrät mir, dass er das selbst nur schwer glauben kann. Wieso konnte ich nicht einfach drüber lachen oder mir irgendeinen Schwachsinn aus der Nase ziehen? Siebzehn Jahre mit meiner Helikoptermutter, und wenn es drauf ankommt, streikt mein Gehirn.

»Luca … Also …« Plötzlich finde ich meine Initiative wieder. »Zeig mal her.« Ich strecke ihm meine Hand entgegen, um zu signalisieren, dass er mir das Handy zurückgeben soll. Ja, vor der Mail dachte ich noch, ich müsse die Regeln und Schulden unserer Wette respektieren, aber ehrlich? Ich kann doch nicht riskieren, dass er *noch mehr* Zeug findet, das seine Annahmen bestätigt. Egal, wie die zum jetzigen Zeitpunkt aussehen. Außerdem brauche ich das Scheißteil, um herauszufinden, ob an dieser kranken Mail was dran ist.

»Na ja, das mit dem Oben-ohne-Foto ist schon komisch …«, murmelt er leise, mehr zu sich selbst, »hab solche zumindest noch nie auf deinem Insta gesehen …«

»Luca, gib mir mein Handy zurück!«, sage ich jetzt bestimmter, doch er ignoriert mich völlig. Also trete ich einen Schritt an ihn ran.

»Aber komm«, sagt er. »Ein gebrauchter Dildo auf Kleinanzeigen? Die hat sie doch nicht mehr alle! Wie ranzig wäre das denn?« Luca verdreht die Augen.

»Ey, hörst du schlecht? Gib mir das verdammte Handy zurück!« Ich kann nicht fassen, dass der Typ einfach weiterblubbert, als wäre ich nicht anwesend. Als wäre er komplett in seinem eigenen Film. Wie ignorant kann man sein? Ich merke, dass ich die Geduld verliere und mir richtig heiß wird, obwohl ich noch immer nur in Jogginghose auf unserer Veranda stehe.

»Und ey, dieser Bullshit mit dem Schwulsein?! Ich wüsste wohl Bescheid, wenn mein bester Homie 'n Homo wäre …« Sein kraftvoller Ausruf verdurstet auf halbem Weg und endet in einer für ihn untypisch misstrauischen Tonlage »Oder?« Er versucht, erneut Blickkontakt aufzubauen. Vermutlich, um besser abschätzen zu können, wie ehrlich die nächsten Worte sind, die meine Lippen verlassen werden. »Das würdest du mir doch erzählen?«

Ohne auch nur über eine Antwort nachzudenken, fixiere ich seinen freien Arm am Handgelenk und versuche, ihm das Handy zu entreißen. Während er vorhin noch wie abwesend gewirkt hat, reagiert er diesmal blitzschnell und hebt seine Hand so weit in die Luft, dass ich aufgrund unseres Größenunterschiedes nicht rankomme. »Ey, Damian, ich hab dir 'ne Frage gestellt!« Mit einem kräftigen Ruck befreit er sich aus meinem Griff und drückt mir eine Faust auf die Brust, um mich auf Abstand zu halten. Wie in einem aufgeladenen Stromfeld muss die Spannung zwischen uns aus hundert Metern Entfernung zu erkennen sein. Ich baue mich sichtbar auf und lehne mich mit vollem Gewicht gegen seine Hand, um meine Position zu verteidigen. Sein Arm gibt für einen kurzen Moment nach, bis er einen Fuß hinter den anderen stellt, um mehr Stabilität zu gewinnen. Es fühlt sich fast an wie ein eins gegen eins. Etwas, das ich sonst nur vom Training mit ihm kenne. Seine Augen scannen meine Körperhaltung, als würde er sich auf jede mögliche nächste Bewegung vorbereiten wollen. Prügeln wir uns gleich?

»Dami, was soll der Scheiß?!«, keucht er etwas außer Atem und schaut mir dabei direkt in die Augen. »Vertraust du mir nicht?« Jetzt klingt er fast ein bisschen verletzt.

Nimm das Messer von meiner Kehle, Alter!

»Ich …« Dieser aufdringliche Blick fühlt sich an, als würde er zustechen. »Würdest *du* dir vertrauen, Luca?«, spiegele ich die Frage.

»Hä? Was sagst du?«

»Jemandem, der 24/7 immer nur den Clown spielt und sich ständig über alles lustig macht?!«

»Sag mal … Bin ich im falschen Film gelandet?«, blafft er leise. Für einen Moment gleitet sein Blick in die Luft, und sein Tonfall verhärtet sich schlagartig: »Das sagst DU? Ausgerechnet du?!«

Meine Worte müssen wie Öl für offenes Feuer gewesen sein, denn Luca sieht aus, als stünde er kurz vor der Explosion. Ich hab nicht damit gerechnet, dass ihn das so triggern würde.

»Gut, dann spiel ich halt den Clown, aber was spielst du dann, hä? Damian, ich schwöre, wie oft habe ich mir gewünscht, nur *einmal* in deinen Kopf gucken zu können. DU bist doch Mr. ›Jeder-mag-dich‹, aber ›Keiner-kennt-dich‹!« Er rammt beide Hände gegen meine Schultern und schubst mich gewaltsam gegen die Wand schräg hinter mir.

»Fuck …« Der harte Aufprall jagt einen schmerzhaften Blitz durch meinen Körper.

»Ist es jetzt meine Schuld, dass du nie die Zähne auseinanderkriegst, wenn's darum geht, mal ehrlich zu sagen, was abgeht?« Mit seinen breiten Armen links und rechts sperrt er mich wie in einem Käfig ein: »ICH bin nicht derjenige, der nicht über seine Gefühle sprechen kann!«

»Rück mir nicht so auf die Pelle!«, fauche ich leise.

»Dann rede mit mir! Mach ein einziges Mal dein Maul auf, und du wärst überrascht, wie effektiv 'ne offene Unterhaltung sein kann!«

»Ach komm, mach DU jetzt nicht einen auf einfühlsam,

Alter. Luca, die Dampfwalze, der einfach nie checkt, dass er alle um sich herum übertrieben in Verlegenheit bringt.«

»Was?!« Er sieht aus, als würde ihm jegliches Verständnis dafür fehlen, was ich gesagt habe.

»Wann? Gib mir ein Beispiel!«

Kann ich nicht. Ich kann dir nicht sagen, dass mich dein Kommentar über die Lächerlichkeit des Kleinanzeigenangebots krass verletzt hat. Oder dass du im Gym laut rumposaunen musstest, dass du keine Schwuppe bist.

»Damian …« Die Verzweiflung, die vorhin noch in meinen Augen zu sehen war, hat jetzt Lucas erreicht und vermischt sich mit der dort vorherrschenden Wut.

»Luca, wenn du's nicht checkst, ist das dein Problem!« Die unfairste aller Aussagen. »Gut, du willst ein Beispiel? Wie wär's mit dem: Jedes Mal, wenn du Emma anbaggerst und einfach nicht raffst, wie unangenehm du dabei bist! Du willst wissen, warum die Girls dich nicht wollen? Weil du fucking weird bist.« Und mit einem Mal sind meine Worte das Messer, das in seiner Kehle steckt.

Seine Arme sinken von der Wand und geben mich frei. Für einen Moment betrachte ich den besiegten Grizzlybären.

»Ich hau ab.«

»Ey, Luca … Warte mal …«, setze ich an, während ich mir über die schmerzenden Schultern streiche.

»Komm, spar's dir.« Ohne mich noch mal anzusehen, drückt er mir mein Handy in die Hand, dreht sich um und geht. Und ich, der Sieger des Wortgefechts, aber der Verlierer der Schlacht, bleib allein zurück. Mit einem Schlag verpufft die Wut, und das schlechte Gewissen macht sich breit. Am liebsten würde ich ihm hinterherlaufen und mich entschuldigen, aber was sollte ich ihm denn sagen? Etwa alles gestehen? Ist das überhaupt noch notwendig, jetzt, wo er die Mail gelesen hat?

FUCK. Fuck! Fuck! Fuck!!!

Ich halt das nicht mehr aus.

Wer bin ich? Wieso mache ich so was? Ich will schreien. Schreien vor Wut, aus Zorn auf mich selbst, meine beschissene Sexualität, meine lächerliche Naivität, die mich in so eine endlos peinliche Lage manövriert hat. Mein skrupelloses Verhalten, das mich zu einer widerlichen Person macht, die, wenn das so weitergeht, bald ganz allein dasteht. Ich gehe zurück in die Wohnung, schließe die Tür und schlage mit voller Wucht gegen die Wand in unserem Flur. Ich bin so ein Affe. Erbarmungslos rast der Schmerz durch meinen Arm. »Shit!« Ein Schluchzen. Ich beiße mir auf die Lippe, um sicherzustellen, dass die eine Träne, die gerade meine Wange runterläuft, die einzige bleibt. Wer hätte gedacht, dass ich heute 'nen neuen Tiefpunkt in dieser eh schon so beschissenen Woche erreiche? Kraftlos lasse ich mich mit dem Rücken zur Wand in den Sitz sinken. Mit meiner unverletzten Hand, die nun wieder im Besitz meines Handys ist, entsperre ich das Display und werde direkt mit der noch geöffneten Mail von *SlayQueen* konfrontiert.

Du bist so ein Clown.

Jeder Flirt 'n Joke, über den wir lachen!

Emil wird weiterlügen.

Ich lese diese hässlichen Zeilen immer und immer wieder.

Ich fand einfach, es reicht, und darum schreib ich dir. Aus Mitleid.

Ich bin so ein Idiot. Ohne eine weitere Sekunde darüber nachzudenken, öffne ich WhatsApp und blockiere Enno.

Du kannst mich mal …

Dann schleudere ich das Handy quer über den Boden, weg von mir.

So 'ne Scheißaktion. Was habe ich mir überhaupt dabei gedacht? Ich meine, was hätte realistisch gesehen daraus werden sollen? Als ob ich wirklich durch ’nen bescheuerten Dildo auf einmal Bock auf Sex mit Typen bekommen hätte. Wie blöd bin ich eigentlich? Ich wünschte, das Ganze wäre nie passiert.

Jetzt kullert eine zweite Träne über meine Wange.

Die Zeit und Energie hätte ich echt auf Wichtigeres lenken können ...

»Ich ... ich muss das wieder hinkriegen!«, flüstere ich zu mir selbst. Wie aus dem Nichts durchfährt mich eine neue Entschlossenheit. Eine Entschlossenheit, die letzten Tage einfach auszulöschen.

Ich stehe auf und fische mein Handy vom Boden.

Wenn du willst, können wir trotzdem noch mal drüber reden. Ich freu mich auf jeden Fall sehr darauf, an der Ostsee ungestört mit dir zu sein. Das wird sexy! 😋 Speaking of: Wenn du willst, kann ich auch schon am Wochenende bei dir pennen! 😏

Soll ich ihr noch schnell ein Oben-ohne-Foto schicken?

Kapitel 13: Emil

Ich starre auf mein Handy: nichts. Ich schließe WhatsApp, nur um es gleich wieder zu öffnen. Unverändert: nichts. Warum schreibt er mir nicht mehr? Ich springe auf, um mich zu bewegen, und sei es nur in meinem Zimmer. Dieses Rumsitzen macht mich noch wahnsinnig. Zum zigsten Mal scrolle ich durch unseren Nachrichtenverlauf, und wie immer lande ich bei dem Foto, das ich ihm noch völlig durchnässt nach dem Training geschickt habe. Es zeigt den zerdrückten, ramponierten Anime-Karton der DVD-Box von *ONE VOICE*, auf den Kevin nach unserem Streit in der Umkleide getreten ist. Seitdem herrscht absolute Funkstille mit Damian.

Ich laufe auf und ab, hin und her in meinem zugemüllten Zimmer. Wie ein Zootier im Gefängnis. Es muss doch etwas geben, das ich tun kann? Frustriert feuere ich mein Handy aufs Bett und als ich meine Hand umfasse, spüre ich, dass sie eiskalt ist. Ich zittere am ganzen Körper, obwohl draußen die Sonne scheint.

Seit dem Training am Dienstag hat es durchgeregnet. Ein grauer Vorhang lag den Rest der Woche über allem. Buffy und ich haben kein Wort gewechselt. Kevin hing beim Rest des Fußballteams rum, die ihm sein unsportliches Verhalten im Übungsmatch letztens nicht nachzutragen scheinen. Und ich? Ich war allein.

Wie schnell es gehen kann, dass man sich so isoliert fühlt. Ja, ich komme mit allen ganz gut klar, aber mein Platz in der Schule, egal, ob auf dem Pausenhof oder in der Cafeteria, er war immer neben Buffy. Jetzt ignoriert sie mich. Ich frage mich, ob *sie* etwas mit Damians Schweigen zu tun hat. So wütend, wie sie war.

Ich schmeiße mich aufs Bett, greife nach meinem Handy und nehme eine Sprachnachricht auf: »Hey, Buffy, melde dich! Ist doch scheiße, wie's gerade ist. Soll das jetzt immer so sein?« Ich seufze kurz. »Und, du, wegen Damian ... Er meldet sich nicht mehr, und da hab ich mich gefragt ...« Vollbremsung! Abbruch, Emil! Würde ich sie jetzt auf Damian ansprechen, bräche ein Inferno los! Das wäre die wohl bekloppteste Idee seit dem Dildo-Inserat. Aber die Technik spielt heut gegen mich.

FUCK!

Statt abzubrechen, hat WhatsApp die Sprachnachricht gesendet. Und als hätte Buffy einen sechsten Sinn dafür, taucht plötzlich *online* in grauer Schrift unter Buffys Namen auf WhatsApp auf.

NEIN, NEIN, NEIN!

Ich richte mich auf und presse meinen Finger in Lichtgeschwindigkeit aufs Display, so doll, dass es weh tut! Voice Message markiert, Mülleimer-Symbol und *Für alle löschen*. Done! Die Nachricht wurde zurückgezogen. Puhh ... Das ging beinahe schief. Doch sofort gefriert mir das Blut in den Adern, als unter Buffys Namen ein Wort mit drei Punkten erscheint: *schreibt* ... Wie gebannt starre ich auf den Bildschirm. Sie muss gesehen haben, dass ich die Nachricht zurückgerufen habe, und nun schreibt sie. Endlich. Was sie wohl zu sagen hat? Feige wird sie mich nennen. Feiger Verräter oder ... oder elender Schisser. Aber sie schreibt mir. Sekunden vergehen. Mein Herz schlägt mir bis zum Hals – das wird ein halber Roman. Doch dann, nichts. Kein *schreiben*, kein *online* mehr, sie ist weg. Gegangen, ohne zu sagen, was sie denkt. Ohne ihre Nachricht abzuschicken.

»Fuck!« Ich lasse mich wieder aufs Bett fallen und schlage die Matratze unter mir mit den Fäusten.

So eine Scheiße!

Dann atme ich tief durch.

Beruhig dich, Emil. WhatsApp hat ihren Online-Status angezeigt. Das bedeutet, sie hat dich zumindest nicht blockiert. Das ist doch schon mal was.

Doch sofort macht sich ein unangenehmes Gefühl in mir breit, denn ich weiß, sie hätte allen Grund dazu, denn unrecht hatte Buffy neulich nicht ... Ich wollte Damian lieber für mich allein. Ich wollte ihn nicht mit ihr teilen. Er ist mehr für mich als nur ein Joke oder ein Experiment auf Kleinanzeigen. Und Kevin? Auch damit hatte sie recht. Natürlich wollte ich sie schützen und wusste, sein Verhalten würde sie verletzen oder zumindest verunsichern ... Aber der Gedanke, dass jemand wie Kevin Interesse an mir haben könnte, hat mir ein undefinierbares Kribbeln in der Magengegend bereitet. Aber das ist weg. Keine Schmetterlinge. Der Streit mit ihm und Buffy war das Insektizid, das ich verdient und vermutlich auch gebraucht habe. Zum Training bin ich die Woche dann auch nicht mehr. Das wollte ich mir selbst und Kevin ersparen. Konzentrieren kann ich mich aktuell eh auf nichts, außer mit meinen dämlich zitternden Fingern WhatsApp immer wieder zu schließen und zu öffnen, in Endlosschleife.

Warum ist mir so kalt? Würde Damian nur antworten, würden meine Wangen glühen. Wie immer, wenn wir getextet haben. Aber er schreibt nicht. Seinen Online-Status sehe ich nicht mehr. Und der Gedanke, dass er mich blockiert haben könnte und mir so jede Chance nimmt, mich zu erklären, lässt mich erschaudern. *Wie wird mir nur wieder warm?*

Ich setze mich auf und krame in meinem Rucksack. Aus meiner Federtasche fische ich meinen Dosenanspitzer, in dessen Inneren sich ein kleines Tütchen Gras verbirgt. Normalerweise kiffe ich nicht. Nicht allein. Darum will's mir auch nicht so recht gelingen, den Joint zu drehen, aber ich brauche das jetzt. Ich schaue auf das krumme Ding in meinen Fingern. Alles andere als gelungen, aber was soll's, es erfüllt seinen Zweck. Ich nehme ein Streichholz aus der verbeulten Schachtel in meiner Federtasche und *fruff*. Feuer für die Hände, Rauch für den Kopf. Doch wird mir weder warm, noch vernebelt es mir die Sinne so, dass ich vergessen kann. Vergessen, dass alles, mein gesamtes Leben gerade, ein riesiger Haufen Scheiße ist. Aber der Drang sich zu bewegen lässt nach. Die Unruhe auch. Während alles an mir schwerer und schwerer wird, schaue ich auf den Joint in meiner Hand und fühle mich erbärmlich. Wie ich hier allein in meinem Kinderzimmer sitze und mich zunebele ... Gedankenverloren ziehe ich das MacBook vom Nachtschrank auf meinen Schoß und öffne meine Mails. Auch hier keine Antwort. Seit Tagen. Ob er mich hier auch geblacklisted hat? Ich suche und scrolle, bis ich den Verlauf von Damian und mir finde. Unsere ersten Mails ...

Hey hey,
das klingt jetzt vielleicht ein bisschen komisch, aber könnten Sie mir den Artikel in einer speziellen Box nach Wunsch zukommen lassen? Es wäre gut, wenn das Ganze unbemerkt an meiner Mum vorbeigehen würde, weil … Ach, das muss ich, glaube ich, nicht erklären, oder? Haha, oh Mann … Fühle mich dumm! 🤪

Dieser alberne, unbeholfene Muskelnerd. Ich vermisse ihn. Das alles, mit ihm zu blödeln, zu flirten. Er fehlt mir so sehr. Der Rauch beißt in meinen Augen, und sie füllen sich mit Tränen, die ich mit dem Ärmel meines viel zu großen, grauen Sweaters wegwische. Dann kommt mir eine Idee: Falls er mich wirklich geblockt hat, ist vielleicht der Weg über Kleinanzeigen noch offen. Wenn Buffy etwas damit zu tun hat, erfahre ich es so! Vielleicht kann ich das alles richtigstellen. Ich beginne zu antworten:

Damian, es tut mir unglaublich leid mit der DVD-Box. Ich kümmer mich um Ersatz, versprochen, aber bitte antworte

mir. Ich ertrag diese Stille zwischen uns nicht mehr.
PS: Hat Buffy dir geschrieben? Hat sie irgendetwas gesagt?

Senden.

Hat sie irgendetwas gesagt? Das könnte man auch falsch verstehen. Als gäbe es etwas, das ich absichtlich vor ihm geheim halten möchte. Wobei … So falsch wäre das gar nicht. Immerhin war ich von Anfang an nicht ganz ehrlich, was die Kleinanzeigengeschichte angeht.

Shit! Schritte! Jemand kommt die Treppe hoch. Ich klappe das MacBook zu und drücke den Joint auf der Rückseite aus. *Fuck.* Wie dumm kann man eigentlich sein? Ich zerwedle den Rauch mit der einen Hand und strecke die andere nach dem Fenstergriff, doch da springt die Tür schon auf. Mein Vater steht im Türrahmen, seine Miene versteinert.

Doch statt mich wegzuducken, klein zu werden wie all die Tage zuvor, brodelt aller Frust in mir hoch, und, ohne auch nur einen Moment nachzudenken, brülle ich ihn an:

»Sag mal, von Klopfen hast du auch noch nichts gehört, huh?« Ich werfe das MacBook mit der Asche und dem Joint von meinem Schoß, um fluchtbereit zu sein. Dabei ist mir gar nicht nach Flucht, sondern nach Kampf. »*Mein* Zimmer, *mein* Reich, oder hast du das vergessen?«

Kurz glimmt etwas wie Erstaunen in seinem Blick auf, dann raunt er: »Das Recht hast du dir verspielt.«

»Wodurch?«

»Das weißt du genau.«

»Weil ich schwul bin?«

»Ach, komm, darum geht es doch gar nicht.«

»Darf ich darum kein Privatleben haben wie jeder andere?«

Plötzlich donnert es aus ihm heraus: »Wenn die gesamte Familie darunter leidet: Nein!« Seine Fäuste beben, als er mit angespannter Haltung im Türrahmen steht und auf den Boden starrt. Perplex öffne ich den Mund, doch weiß nicht, was ich dazu sagen soll. Und das muss ich auch nicht, denn mit eisiger Stimme fährt er fort: »Ich wollte nur sichergehen, dass Lenny seinen Cousin nicht zugedröhnt in seinem Drogenkabuff vorfindet.«

»Lenny?« Ich wusste nicht, dass Tante Sophie mit den Kindern heute zu Besuch kommt.

»Er, Sophie und die Kleine sind bereits unten.«

Mein Blick schweift aus dem Fenster, und da sehe ich den blauen SUV in unserer Einfahrt stehen.

»Also reiß dich zusammen. Deine Mutter kriegt ihre Schwester seit dem Umzug eh kaum noch zu Gesicht.«

»Und das ist meine Schuld.«

»*Du* musstest die Schule wechseln!«

»Und du hast dir den Job hier draußen gesucht!«

»Hätte ich nicht gemusst, wenn du den Jungen aus deiner alten Schule in Ruhe gelassen hättest!«

Ich schaue ihn nur entgeistert an. *Bitte was?*

»Er wollte dich nicht, und du konntest das nicht akzeptieren, und nun haben wir den Salat.«

Erst jetzt realisiere ich, dass Dad und ich die Situation an meiner alten Schule bisher nie *wirklich* besprochen haben. Offensichtlich wollte ich damals nicht über mein erstes, schwules Erlebnis mit meinen Eltern reden. Erst recht nicht, weil es in einem kompletten Fallout endete. Aber das ist nun wohl die Version der Geschehnisse, die mein Vater sich zusammengereimt hat: Ich habe jemanden angebaggert, der wollte das nicht, und dafür wurde ich gemobbt und musste die Schule wechseln. »Würdest du das genauso sehen, wenn ich hetero wäre?«

Mein Vater ringt nach Worten, doch ich gebe ihm keine Zeit, welche zu finden: »Wenn ich ein Mädchen lieben würde, das die Gefühle nicht erwidert, hätte ich's dann verdient, ausgegrenzt und fertiggemacht zu werden? Zuneigung ist doch kein Verbrechen. Nur weil ich Interesse an jemandem habe, ist das doch nicht automatisch Belästigung.«

»Hör mal, es gibt immer Grenzen, die man respektieren muss und ...«

»Dad, wir waren ein Paar! Er hatte nur Schiss, als es seine Jungs mitbekommen haben. Und wo du schon von Grenzen und Respekt sprichst: Was ist mit Buffy? Findest du, sie respektiert meine Grenzen? Nackt in meinem Bett? Denn das schien dich komischerweise nicht zu stören.«

»Buffy ist ein nettes Mädchen und ... Ach, Emil, du könntest es so viel leichter haben!« Frustriert schlägt er gegen den Türrahmen.

»Kann ich eben nicht! Ist das dein Problem, Dad? Dass du Buffy nicht als Schwiegertochter kriegst?«

Plötzlich taucht meine Mum hinter meinem Vater auf: »Was ist denn hier los?«

Doch mein Vater ignoriert sie: »Mein Problem ist, dass du Drogen nimmst und das vor uns versteckst, Emil! Und dass du dieselben Fehler immer und immer wieder machst!«

»Was meinst du?«, frage ich verdutzt.

»Ach, komm schon! Als ich diese Sexdinger bei dir gefunden hab? Diese Dildos und all den Kram. Du *versuchst* ja nicht mal, es zu verstecken.«

Ich starre ihn fassungslos an. »Dad, ich *will* das auch nicht verstecken. Kein Dildo der Welt kann das in mir an- oder ausschalten. Es geht nicht darum, was ich mache, sondern wie ich fühle, und *das* wird immer ein Teil von mir sein.«

Ohne ein Wort zu sagen, dreht er sich um und geht.

Meine Mutter steht noch immer verunsichert an ihrem Platz. »Er ... er ist wütend, Emil. In erster Linie auf sich selbst.«

Ich schweige. Was soll ich dazu auch sagen? Rückblickend ist es kein Wunder, dass mein Vater mir hinterherschnüffelt, nachdem es dauernd nach Gras gerochen hat. Aber dass er die Verbindung zu Buffy nicht ziehen konnte? Ich meine, es war immer nur, wenn sie da war. Tja, wir sehen in den Menschen immer nur, was wir sehen wollen. Meistens jedenfalls. Denn jetzt, wo ich meine Mum ansehe, wünschte ich, ich würde ihr die Schwere nicht ansehen, die sie immer versucht unter Leichtigkeit zu verstecken.

»Wir machen uns nur Sorgen. Früher warst du so ein fröhlicher Junge. Du warst neugierig und unbeschwert«, das sanfte Leuchten in ihrem Blick erlischt, als sie fortfährt. »Doch dann ist diese Sache an deiner Schule passiert. Nach dem Umzug dachten wir, dass alles besser wird, und so schien es auch. Du warst glücklicher, hattest so viele neue Freunde. Fast, als wäre das alles gar nicht passiert. Aber in letzter Zeit kommen wir gar nicht mehr an dich ran.«

Mir geht es genauso. Ich kenne mich selbst nicht mehr. Hier ein Joke, da eine Mutprobe. *Wenn Emil da ist, wird's immer lustig, denn der ist sich für keinen Spaß zu schade.* Früher hat mich das gepusht, aber heute fühlt sich das wie eine Rolle an, die mir mehr Energie raubt, als dass sie mir liegt. Ich dachte, wenn ich wieder der werde, der ich einmal war, wird alles wie früher. Aber jetzt, wo ich in das Gesicht meiner Mum schaue, ihre Schwester von unten lachen höre und wirklich verstehe, was sie für mich aufgegeben hat, weiß ich: Nichts wird, wie es war. Ich kann die Zeit weder zurückdrehen noch anhalten.

»Emil, wir alle suchen unseren Weg und ...«, da wird sie von Tante Sophie unterbrochen, die die Treppe hinaufgewetzt kommt: »Puh, hier riecht's aber orientalisch.« Mit dem schlafenden Baby um die Brust gebunden, fegt sie wie ein Wirbelwind an meiner Mutter vorbei. »Hey, Emil, du alter Magier!« Mit einem Satz ist sie in meinem Zimmer und hebelt das Dachfenster auf. Der kalte Windzug treibt mich gleich wieder unter meine Bettdecke. »So nennt Lenny dich nur noch, seitdem er deinen alten Zauberkasten geschenkt bekommen hat: Emil, der Magier. Wart's nur ab, er wird dir noch jeden erdenklichen Karten- und Münztrick präsentieren. Und wenn er dich fragt, ob du an seinem Finger ziehst: Lass es!«

Ich höre nur mit einem halben Ohr zu, als sie meiner Mum auch schon im Vorbeigehen auf die Schulter tippt, ihre Hand greift und sie hinter sich herzieht. »Hab ich dir schon von Paulinas neuem Freund erzählt? Die Vogelscheuche aus *Der Zauberer von Oz*. Das ist er, wortwörtlich! Er kommt vom Theater und ...«

Ihre Stimme wird immer leiser, je weiter sie sich entfernen, und ich bleibe in meinem Bett zurück. Es ist kälter als zuvor, und der Wind fegt um meinen Nacken und über meine zitternden Hände. Ich habe das getan. Diese Einsamkeit über sie gebracht. Ohne mich würde sie noch immer bei meinen Tanten leben. Bei ihren Freundinnen. Sorge, Frustration, Angst und Wut – all das habe ich über sie gebracht.

Meine Atmung wird schnell und schneller, als ich die Panik in mir aufkommen spüre. Nie wird mich jemand lieben. Nicht Damian. Nicht sonst wer. Warum habe ich mir nur gedacht, es könnte je anders sein? Nie wird mich jemand akzeptieren. Vollends akzeptieren. Selbst Buffy liebt mich nur, wenn sie ausblendet, wer und was ich bin. Mein Herz rast, und ich schnappe nach Luft, während die Welt in Scherben über mir zusammenbricht. Ich wünschte, ich könnte laufen. Und laufen und laufen. Ich allein bei mir selbst, Kopf auf Leerlauf, bis ich nichts mehr denke, nichts mehr fühle.

Da öffnet sich die Tür leise, und ein kleiner Junge mit strohblondem Haar und einem Zauberhut lugt herein.

»Hallo, Emil. Ich bin jetzt auch ein Magier!«

Als ich Lenny ansehe, ist es, als würde ich in einen Spiegel schauen – zurück in die Vergangenheit. Ein Mini-Emil. Diese unbekümmerte Leichtigkeit, diese ehrliche Freude. Noch komplett in seiner Welt, in der alles einfach ist. In der es einfache Antworten auf einfache Fragen gibt. In der niemand dir etwas Böses will. In der Liebe und Vertrauen selbstverständlich sind.

»Was ist los? Bist du krank?« Lenny umklammert seinen schwarz-weißen Zauberstab und krabbelt zu mir aufs Bett. Sanft streichelt er mit dem Stab über meinen Kopf, als würde er mir die Traurigkeit austreiben wollen. Doch es klappt nicht. Die Realität hat den Glauben an Magie zerstört. Ich bin allein. Ich habe alles kaputt gemacht. Das Glück meiner Eltern. Die Freundschaft zu Buffy und ihre Beziehung zu Kevin. Und das, was Damian und ich hatten. Mein Kartenhaus ist zusammengefallen. Schall und Rauch zum Fenster raus. Doch mein kleines Spiegelbild mit dem Zauberhut streichelt weiter behutsam meinen Kopf. Selbst als ich so laut weine und schluchze, als würde es keinen Morgen geben. Er gibt nicht auf und fährt behaglich fort. Bis ich irgendwann erschöpft zur Ruhe komme und Lenny seinen Zauberstab müde, aber zufrieden anschaut.

Kapitel 14: Damian

»Ist so! Unbesiegbar bin ich!«, flüstere ich mir selbst zu, als das Opening von *Dragon Ball* zu der Stelle kommt, bei der ich den Text immer durcheinanderbringe. Normalerweise höre ich an Tagen, an denen etwas Besonderes ansteht, den *ONE VOICE*-Soundtrack, aber mein Lieblingsanime wurde mir leider durch die Geschehnisse der letzten Tage ein bisschen madig gemacht. Ein kurzer Stich in meiner Brustgegend.

Was soll's, die Musik wäre eh zu melancholisch für heute. Ich brauche etwas, das mich richtig pumpt. Ich betrachte prüfend mein Spiegelbild: *Schwarz … oder Blau?*, und halte mir abwechselnd zwei Hemden an den Oberkörper. Eigentlich steh ich nicht so auf den Look, aber seit Emma mich bei einer Abiparty vom Jahrgang über uns in einem gesehen hat, betont sie dauernd, wie gut mir Hemden stehen und dass ich auf jeden Fall öfter welche tragen sollte. Ich würde ja Vivi fragen, welche Farbe sie besser findet, aber wir reden aktuell nicht miteinander. Mein Blick wandert zu meinem Schreibtisch: Mein iPad scheint sie seit unserem Streit nicht mehr angefasst zu haben.

Auch wenn es mich sonst ultra nervt, dass sie das Ding ständig in Beschlag nimmt, macht mich der Anblick des vernachlässigten Tablets ein bisschen traurig.

Na ja, es ist halt jetzt, wie es ist.

Um mich nicht weiter in diesen Gedanken zu verlieren, lenke ich meine Aufmerksamkeit zurück auf mein Spiegelbild. *Ich nehm Schwarz, das sieht gut aus! 'ne Kette noch und ein, zwei Ringe, dann steht der Look!* Obwohl ich die letzten Tage noch weniger geschlafen habe als sonst, klappt das Rausputzen überraschend gut. *Fuckable.* Und das muss ich auch sein, denn darauf kommt es heute schließlich an. Ein kurzer Schwall an

Nervosität, der überhaupt nicht zu jemandem passt, der so selbstbewusst aussieht wie der Typ im Spiegel, überkommt mich: *Ob das gut geht?*

Ja! Ja, Damian! Das passt schon! Du … Du willst das! Es ist auch zu spät für Zweifel, also … *Vamos!*

Ich schnappe mir meinen Rucksack, den ich für eine mögliche Übernachtung vorbereitet habe, und ziehe dann mein Handy aus der Hosentasche, um die Uhrzeit zu checken, als plötzlich –

PLING

Hm?

Eine Benachrichtigung von Kleinanzeigen:

1 Neue Nachricht.

Was zum … ?

Von Enno? Emil, Enno, wer auch immer. Was … was will der von mir? Checkt der nicht, was *BLOCKIEREN* bedeutet? Zur vorherigen Nervosität gesellt sich eine Portion Wut. Aber gegen meinen Willen gleitet mein Finger doch auf das Kleinanzeigensymbol und klickt auf *Öffnen*.

Damian, es tut mir unglaublich leid mit der DVD-Box. Ich kümmer mich um Ersatz, versprochen, aber bitte antworte mir. Ich ertrag diese Stille zwischen uns nicht mehr.

PS: Hat Buffy dir geschrieben? Hat sie irgendetwas gesagt?

Hätte ich doch bloß auf mein Gehirn gehört und nicht draufgeklickt.

Schon bei *Ich ertrag diese Stille zwischen uns nicht mehr* würde ich am liebsten kotzen. Weißt du, was ich nicht mehr ertrage, Enno? Deine Dreistigkeit, du elender Hund. Hast du noch nicht mitbekommen, dass dich jemand aus deinen Reihen verraten hat? Oder denkst du dir: *Na ja, egal, Damian ist eh so dumm, der wird mir trotzdem schreiben*?

Mein Herzschlag pumpt wie wild in meiner Brust, in meinem Hals, sogar in meinen Fingerspitzen. Ich lese die Nachricht noch mal: *Ersatz für die DVD-Box*? Was bedeutet das? Plötzlich blitzen Bilder in meinem Kopf auf, wie Enno, Buffy, vielleicht sogar noch mehr Idioten aus seinem Freundeskreis meine Box hin- und herkicken, drauftreten oder sie anzünden. *Hahaha, so ein Opfer!*, lachen sie hämisch.

Zum gefühlt zehnten Mal diese Woche schießen mir Tränen in die Augen, heute vor Wut. Aber genau wie an den anderen Tagen gelingt es mir, das Weinen zu unterbinden. Ich kann mir auch nicht erlauben, verheult auszusehen, wenn ich gleich zu Emma gehe. Ich halte diese Demütigung nicht mehr aus. Warum ist er so zu mir? Was motiviert jemanden dazu, so etwas zu tun? Ich will ihm ins Gesicht schreien, ins Gesicht schlagen. Ihm sagen, was für ein Arschloch er ist. Soll er mir doch persönlich sagen, was ihm diese beschissene Aktion gebracht hat.

Eine weitere Entscheidung gegen meinen Verstand sorgt dafür, dass ich kurzerhand WhatsApp öffne und Emil entblocke.

PLING PLING PLING

Das Foto meiner ramponierten *ONE VOICE*-Deluxe-Box und eine Flut an ungelesenen Nachrichten überschwemmen unseren Chat.

Jede seiner Nachrichten fühlt sich an wie höhnisches Gelächter. Das muss ich mir nicht gefa…

ENNO ist online.

Als ich das lese, passiert etwas, womit ich nie im Leben gerechnet hätte: Die Wut verpufft, und für eine Sekunde macht sich ein unerträgliches Gefühl von Hoffnung in meinem gesamten Körper breit. Unerwünschte Hoffnung, gepaart mit Erinnerungen an unsere Gespräche, die das Highlight von fast jedem Tag der letzten Woche für mich waren. Was, wenn es eine plausible Erklärung gibt? Wenn das alles ein Missverständnis war und er nur aus irgendeinem unlogischen Grund ... Ja, und dann weiß ich nicht mehr weiter.

Was sollte das bitte für ein Grund sein?

Merkst du selber, Damian ... Doch ehe ich meine Konzentration wiederfinden kann, haben meine Finger schon angefangen zu tippen:

Es stimmt also. Er hat Buffy von allem erzählt. Und wenn sie es weiß, dann vermutlich auch die anderen, die sie erwähnt hat. Ein kurzer Erinnerungsfetzen kratzt an meinem Gedächtnis.

SlayQueen, war das nicht auch …? Ich switche von WhatsApp zu PayPal: Aha, wusst ich's doch. Deswegen kam mir der Name so bekannt vor: *slayqueen.no01@weebmaily.com* war die Adresse, an die ich damals das Geld für den Dildo-Versand geschickt habe.

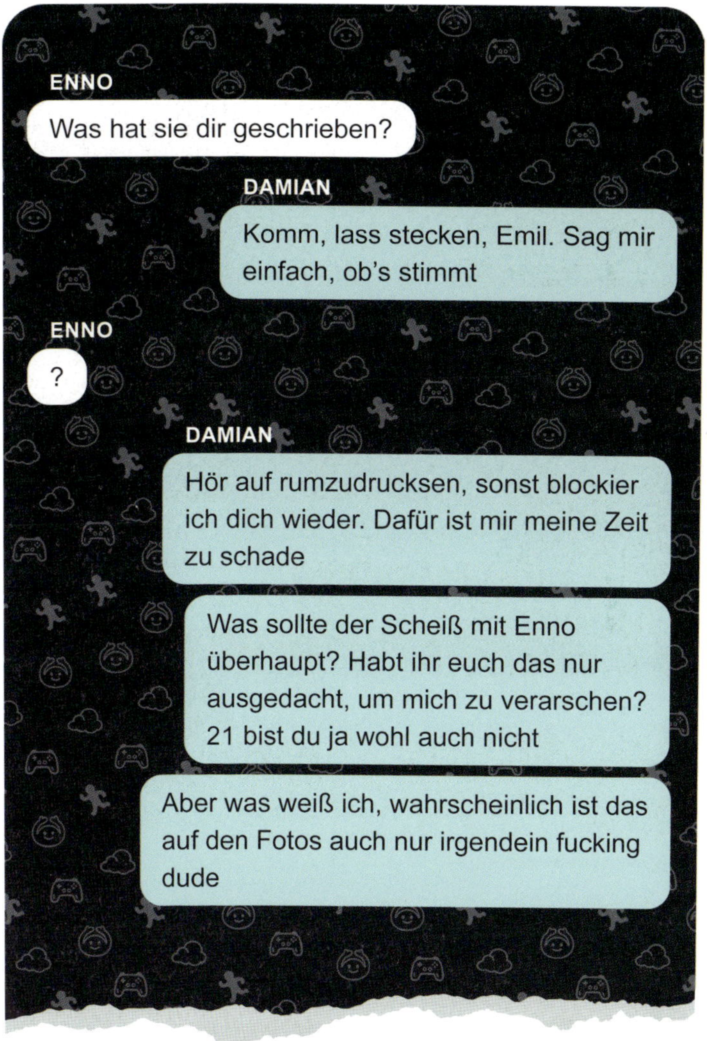

ENNO

Hä, nein man?! Enno ist nur n Alias, weil ich meinen Namen nicht sagen wollte. Am Anfang jedenfalls und ja, okay, ich bin 17 und nicht 21

Aber das auf den Bildern bin ich. Glaub, sonst hätt ich nen hotteren dude rausgesucht

DAMIAN

Hast du ja auch erst. Felix Mallard

ENNO

😶

Ja, aber als joke

DAMIAN

Comedy King

ENNO

Man

Egal was Buffy dir geschrieben hat

Es war nur, weil wir uns gezofft haben

So richtig

Sie is sauer

ENNO schreibt …
Das flaue Gefühl im Magen und die anstrengende Wut melden sich mal wieder. Ehrlich gesagt wäre es mittlerweile angebracht, sie würden anfangen, Miete zu zahlen, so oft, wie sie meinen Körper aktuell in Beschlag nehmen.

Wie eine Reihe Dominosteine stößt ein fieser Zweifel den nächsten an: Wenn ich damals das Geld an sie geschickt habe, war Buffy wohl schon von Anfang an dabei … Hab ich in der ganzen Zeit überhaupt *nur* mit Enno geschrieben oder auch mit ihr? Haben die das Handy in ihrer Gruppe rumgereicht? Na, wer will heute?

Ich hab keinen Bock mehr. Keine Energie mehr, mich weiter mit ihm zu beschäftigen. Ich weiß Besseres mit meinem Leben anzufangen. Das Ding mit uns ist durch.

Und damit blockiere ich ihn erst und lösche dann den Chat.

***

»Oh hey, da bist du ja!«, Emma öffnet die Tür.

»Hi«, ich lächle sie an. »Bin pünktlich!«

»Ja, ich … kann's kaum glauben.«

»Ey!«

Ein kurzes Kichern. Ich war der Meinung, zuerst eine Art Befangenheit in ihren Augen erkennen zu können. So als wäre sie nervös, weil sie nicht einschätzen kann, wie es gerade um uns steht. Doch als sie mich mustert, sie sieht, dass ich extra für sie ein Hemd angezogen habe und sogar –

»Wow, sind die für mich?« Ihre Stimme bröckelt, und sie deutet aufgeregt auf den Blumenstrauß in meiner Hand. Drei große Sonnenblumen, verziert mit Herbstanemonen, rosa Wicken und einzelnen Gräsern. »Die sind so schön!« Dann hält sie sich beide Hände vor den Mund, wie ein Versuch, ihre Begeisterung ein Stück weit vor mir zu verstecken.

»Na ja, eigentlich sind die für deinen Bruder …« Ich grinse sie an und halte meine flache Hand an die Stirn, als würde ich nach ihm Ausschau halten. »Leon, bist du da?«

»Ha ha, sehr witzig!«

»Ja, die sind für dich.« Mit diesen Worten schließe ich die Lücke zwischen uns und nehme sie in den Arm. »Sorry noch mal«, flüstere ich, die Schuld in meiner Stimme deutlich hörbar.

»Sch-Schon okay.« Ein kurzes Schlucken, dann zieht sie mich mit rein. »Komm.«

Für einen Moment fühle ich mich richtig wohl, Wärme und Vertrautheit umgeben mich. Es tut gut, nach all dem Chaos bei Emma zu sein, und plötzlich rücken die letzten Tage ein Stück in die Ferne. Als wäre alles wieder ein bisschen normaler. »Hi, Wanda!« Ein kurzer Ruf ins Wohnzimmer, in dem Emmas Mutter an irgendwas rumtüdelt.

»Hi, Damian! Du siehst aber schick aus heute«, ein freundlicher Blick in meine Richtung.

»Oh, haha, danke! Du aber auch, die Frisur steht dir gut.« Wanda trägt die Haare zu einem Zopf geflochten, was ich tatsächlich noch nie vorher an ihr gesehen habe.

»Findest du? Emma hat das vorgeschlagen, weil ich sie doch gerade wachsen lasse. Leon sagt, ich sehe damit aus wie eine sehr alte Elsa.« Sie wirkt wie ein verlegener Teenager, der sich schämt, mit seiner neuen Frisur in die Schule zu gehen.

Leon, du Rabensohn.

»Neee, finde ich nicht! Mir gefällt's«, versichere ich und schaue zu Emma, die sich sehr über mein Kompliment an ihre Mutter zu freuen scheint. Ein kurzer, unauffälliger Daumen hoch von ihr bestätigt meine Annahme.

Meine Worte haben wohl genau ins Schwarze getroffen, denn Wandas Augen strahlen, als sie auf mich zugedackelt kommt, um mich zu drücken: »Ach, es ist schön, dass du da bist. Philipp ist gerade im Keller unten. Wenn du möchtest, kannst du gern zum Essen bleiben.«

»Ja, klingt gut«, entgegne ich ein bisschen gerührt, obwohl ich mindestens schon tausendmal mit Emmas Familie gegessen habe. Ihre Eltern sind so entspannt, ich habe mir oft gewünscht, meine Mum würde sich ’ne Scheibe davon abschneiden.

»Und Dami, vergiss nicht, rechtzeitig deinen Koffer zu packen! Das wird toll«, ruft sie uns hinterher, als Emma und ich weiter den Flur runterlaufen.

Ob Emma ihren Eltern von unserem Streit erzählt hat?

In ihrem Zimmer angekommen, sage ich: »Das ist übrigens ein Emma-Strauß, haha.«

»Emma-Strauß? Was soll das denn heißen?« Sie schnappt sich die leere Vase, die auf ihrer Fensterbank steht, und stellt die Blumen rein. »Jap, das ist gut!« Sie lächelt zufrieden.

»Ach, die Verkäuferin war ein bisschen komisch drauf irgendwie. Sie hat mich gefragt, für wen die Blumen seien, und ich meinte: ›Für meine Freundin‹. Dann wollte sie wissen, wie du heißt und mit welchen drei Worten ich dich beschreiben würde. Anhand dessen hat sie dann die Blumen ausgesucht.« Ich zucke mit den Schultern und lache. »Aber ist hübsch geworden, oder?«

»Ja, schon, aber …« Emmas Augenbraue hebt sich. »Wie würdest du mich denn beschreiben?«

»Hahaha, ich dachte mir schon, dass du das wissen willst!« Ich lasse mich auf ihr Bett fallen und verschränke die Arme hinter meinem Kopf.

Stille.

»Was ist?« Ein unschuldig-provokantes Grinsen ziert mein Gesicht.

»Ja, sag doch jetzt!« Mit einem Schwung sitzt sie neben mir und starrt mich mit ungeduldigen Augen an. Als ich darauf nicht reagiere, sieht sie sich gezwungen, auf härtere Methoden zurückzugreifen, und piekt mir mit zwei Fingern in die Seite. Bekanntlich meine Schwachstelle.

»Heheeey, du blöde Kuh! Das ist unfair!« Ich ziehe die Hände hinter meinem Kopf hervor, um sie abzuwehren. »Wolltest du nicht Wasser holen?«, dann deute ich mit dem Zeigefinger auf die Vase, die sie noch immer in der Hand hält. »Ich hab so Duuurst«, imitiere ich die Sonnenblume.

»Pfff, vielleicht nehme ich doch lieber Vivi mit zur Ostsee.«

»Autsch?« Ich drücke meine rechte Hand auf mein Herz und verziehe das Gesicht. Emma schaut kommentarlos auf mich herab, also fahre ich mit der Hand über meinen Bauch, ziehe erst mein Shirt hoch, um ein bisschen mit meinen Muskeln anzugeben, und parke sie dann auf meinem Schritt. »Selbst schuld, wenn du das verpasst!«

»Oh Gott, wie peinlich bist du denn?« Jetzt muss sie lachen. Ich hab das Gefühl, dass ich ihr richtig doll gefehlt habe und sie das gerade total genießt. Besonders den sexuellen Vibe. Sie hat mich zwar peinlich genannt, aber ich weiß, dass das genau das ist, was sie sich die ganze Zeit gewünscht hat. Körperliche Zuneigung.

»Ich versorge die Blumen mal eben! Bin gleich wieder da.« Mit diesen Worten springt sie auf und tapst aus ihrem Zimmer Richtung Küche.

»Eines der Worte war Sonnenschein«, rufe ich ihr hinterher.

Sobald sie aus meinem Sichtfeld verschwunden ist, steigt die Panik raketenartig in mir auf.

FUCK, was passiert denn jetzt?

Wie im Reflex versuche ich, sie zu unterdrücken, aber ich kann die Gedanken nicht stoppen.

Was mache ich hier? Ich laufe schnurstracks ins Feuer. Kann ich überhaupt mit ihr schlafen? Und will ich das?

Ich kenne die Antwort, aber verbiete mir, sie zu denken.

Soll ich lieber nach Hause gehen? Nein! Nein, Mann, das kann ich nicht bringen. Ich muss das jetzt durchziehen. Was soll Emma sonst …

»Okay, das Überleben der Patientin ist gesichert!« Und da steht sie wieder, mit dem hydrierten Emma-Strauß in den Händen und einem Leuchten im Gesicht, als sei heute ein besonders schöner Tag. Obwohl sie an der Tür vorhin noch so aussah, als wüsste sie nicht, wie der Nachmittag verlaufen würde, hat auch sie sich extra zurechtgemacht. Ich meine, sie sieht immer gut aus, aber heute ist sie noch mehr gestylt als sonst. Ihr Make-up, die dunklen Haare, die bis auf zwei Strähnen links und rechts neben ihrem Gesicht zu einem hohen Pferdeschwanz zusammengebunden sind, die silbernen Ohrringe und das kurz geschnittene Kleid, in dem sie nicht zu overdressed aussieht, aber trotzdem so, als könnten wir beide heute Nacht noch zusammen feiern gehen.

Ich kann ihr das auf keinen Fall antun.

»Dami, alles okay? Du siehst blass aus.« Sie stellt die Vase ab und kniet sich zurück aufs Bett, im gleichen Moment, als ich mich aufsetze und mir mit beiden Händen einmal über die Wangen fahre, um die Farbe, die die Panik aus meinem Gesicht getrieben hat, zurückzuholen.

»Hä, Quatsch, alles super!« Die Alarmglocken in meinem Schädel drehen auf: *Achtung, Achtung!* Vielleicht übertreibe ich auch, aber meine Spinnensensoren warnen mich vor Emmas Tonlage. Es klingt, als hätte die Unsicherheit der letzten Wochen direkt unter der Oberfläche gelauert. Als sei die Angst, ich könnte abdriften und ihr entgleiten, noch immer präsent.

Weil es die Wahrheit ist. Weil ich mich am liebsten mit Enno vertragen und mit ihm reden würde.

Nein, nein, nein, nein. Enno gibt es nicht, klar?!

Mein Herzschlag malträtiert meine Brust, es tut fast schon weh, so übereifrig pumpt das Blut durch meinen Körper.

Reiß dich zusammen, verdammte Scheiße!

»Du … Du siehst hübsch aus.« Ich rücke ein Stück näher zu Emma und streiche ihr eine der beiden losen Strähnen aus dem Gesicht.

»Du auch«, flüstert sie. »Hat dir schon mal jemand gesagt, dass dir Hemden gut stehen?«

Das bringt mich zum Schmunzeln und hilft, das für sie hoffentlich unmerkliche Zittern in meiner Stimme in den Griff zu kriegen. »Jetzt, wo du's sagst. Ja, und zwar so 'n Mädel aus der Schule. Ich glaube, die fährt auf mich ab.«

»Ist das so? Na, mit der muss ich wohl mal ein paar Takte reden.« Jetzt schmunzelt sie auch. Uns trennen nur noch wenige Zentimeter, ein kleiner Spalt, der mich von dem Punkt ohne Wiederkehr trennt.

»Das … Das zweite Wort war Schmetterling.« Ich spreche gerade noch laut genug, dass Emma mich hört. Auch, um zu verstecken, wie aufgeregt ich bin. Ich muss ihr nicht erklären, warum ich dieses Wort gewählt habe. Sie weiß, wie sehr sie sich in den letzten Jahren verändert hat und wie stolz ich auf sie bin. Ich kenne niemanden, der so gewachsen ist. Früher hatte sie schon Schwierigkeiten damit, sich allein ein Eis zu bestellen, und jetzt? Insane. Und trotzdem sehe ich Risse.

»Dami, ich …« Sie beißt sich auf die Lippen, als könnte sie die Spannung kaum noch ertragen. Oder weil ich auch hier einen Volltreffer mit meinem Wort gelandet habe und sie gerührt den Kloß im Hals runterschlucken muss. Sie legt ihre Hand auf meinen Oberschenkel, und ein kalter Blitz durchströmt mich. Wieder schlägt meine Alarmanlage aus, aber diesmal ignoriere ich sie, so gut ich kann. Mir fällt nichts mehr ein, also … gehe ich in die Offensive.

»Emma …« Mit der Hand, die eben noch die Strähne hinter ihr Ohr geklemmt hat, greife ich jetzt in ihren Nacken und presse dann meine Lippen auf ihre. Sie wusste, was kommt, und trotzdem atmet sie scharf ein. Ihr Körper reagiert wie ein strahlendes Feuerwerk. Und meiner? Wie das dunkle Gewitter, das mittlerweile draußen wütet. Es ist viel schlimmer als sonst. Wir haben schon oft miteinander rumgemacht, aber nie hab ich mich so erdrückt gefühlt wie heute. Erdrückt von der Erwartung, von der Angst, alles kaputtzumachen. Von der Schuld, Emma zurück in ihren Kokon zu schleudern, denn ich sehe seit Beginn meiner Heimlichtuereien wieder vermehrt Fäden, die ihr Selbstbewusstsein fesseln. Von der Panik, allein zu sein, jetzt, wo weder Vivi noch Mum oder Luca mit mir reden. Und von der Sehnsucht nach einer Version meines Lebens, in der Enno existiert.

Enno, du elender Idiot!

Die Alarmanlage läutet auf höchster Stufe, doch ich kann nicht aufhören.

Ich will so sehr, dass es klappt.

Der Kuss wird wilder, als Emma mit ihrer Zunge über meine Lippen fährt und dann in meinen Mund eindringt. Ich lasse sie gewähren, erwidere den Kuss sogar und ziehe sie mit einem Ruck auf meinen Schoß. Sie schlingt ihre Arme um meinen Hals und streichelt mit den Fingern ihrer einen Hand meinen Hinterkopf. »Du … Du riechst so gut.« Ein kurzatmiges Kompliment von ihr, bevor wir in den nächsten Kuss eintauchen. Sie begleitet ihn mit leichten Bewegungen ihrer Hüfte, über die sie gezielt Druck auf meinen Schritt ausübt.

»Fuck…«, raune ich und fahre dann mit beiden Händen ihren Rücken hinab bis zu ihrem Po. Das Kleid ist durch ihre Bewegungen verrutscht, und ich spüre ihre weiche Haut unter meinen Fingern. Ich lebe den Traum von vielen, vielen Typen aus meiner Schule, doch für mich ... Der schmerzhafte Herzschlag kennt kein Erbarmen, und auch die Alarmanlage hält sich nicht zurück. Ich will wissen, wie es sich anfühlt, aber nicht so. Wir verlagern unser Gewicht und lassen uns rückwärts aufs Bett fallen, Emma jetzt auf mir. Ihr verliebter Blick trifft meinen undeutbaren, doch sie scheint zu sehr in Ekstase zu sein, um ihn zu analysieren.

Ein zartes Lächeln ziert ihr Gesicht: »Du bist der tollste Junge, den ich kenne, Damian.« Ihre Worte sind wie ein Seil, das mir die Luft abdrückt.

Ja, du bist auch das tollste Mädchen, das ich kenne, Emma! Ohne Frage! Natürlich bist du das. WIESO nur können wir beide nicht dasselbe meinen?

Um einer Antwort zu entgehen, küsse ich sie erneut. Zielstrebig öffnet sie Knopf für Knopf meines Hemdes, streichelt dabei erst kurz meine Nippel und dann jeden Zentimeter meines Bauches. Ihre Atmung wird schneller, unruhiger. Ihre Finger zittern vor Aufregung. Ich dagegen spiegele ihr Vorgehen fast roboterartig, ohne Kontrolle, und schiebe ihr Kleid noch weiter nach oben, bis sie letztlich kurzerhand hinausschlüpft. Sie ist so schön, so sexy, wie sie in ihrer dunklen Unterwäsche, die schmeichelhaft sowohl ihre Brüste als auch ihren Po umgarnt, auf mir sitzt. Und trotzdem: nichts. Mein Körper reagiert überhaupt nicht. Wieso ... wieso nicht? Panik, der Herzschlag, die Alarmanlage und das Seil um meinen Hals – ich ... Fuck!

»Wow«, meine Stimme zittert so, und kurz fürchte ich, dass Emma etwas bemerkt haben könnte. Ich zwinge mich, die Kontrolle über meinen Körper zurückzugewinnen, und nutze den Moment, um unsere Position zu wechseln, so dass ich mich nun über sie stütze. Mein Hemd habe ich in der Bewegung ausgezogen und sehe, wie Emma meinen nackten Oberkörper mustert. Ihre Energie hat ihr Maximum erreicht, wie benebelt haucht sie: »Du musst mir noch sagen, was das dritte Wort war«, und öffnet dabei erst den Knopf meiner Hose und zieht sie dann mit ein paar tapsigen Versuchen runter bis in meine Kniekehlen.

»D-Das dritte Wort …«

Ihre Hand greift in meinen Schritt, und eine Träne landet auf ihrer Wange.

»Emma, ich …« Ich schluchze, während weitere Tränen unkontrolliert aus meinen Augen schießen. »Ich …«

Wie durch einen lauten Knall aus ihrer Trance gerissen, schnellt ihr Blick zu meinen gefluteten Augen. Es geht nicht mehr. Der Damm, der die Überschwemmung zurückhalten sollte und sich die letzten Tage so tapfer geschlagen hat, ist gebrochen, und Tränen fallen und fallen.

»D-Dami, wa… was ist passiert? Warum weinst du?« Hilflos und völlig verwirrt fährt sie mit ihren Handballen über meine Wangen. »Ist es deswegen?« Sie meint die Tatsache, dass mein Schwanz keine Anstalten macht, hart zu werden. Ich keinen hochkriege und damit unumstößlich feststeht, dass ich nicht mit ihr schlafen werde.

Meine Arme, mit denen ich immer noch über sie gebeugt bin, können mein Gewicht kaum noch halten und zittern wie verrückt.

»Hä, das ist doch nicht schlimm, das passiert sicher jed…«

»Emma, hör zu, ich …«, unterbreche ich sie, während die Tränen weiter fallen. Ja, sie hat recht, das passiert jedem mal. Jedem, der zu aufgeregt ist, sich überfordert fühlt oder vielleicht auch ohne Grund. Aber bei mir liegt es nicht daran. Ich hab keine Energie mehr für Ausreden. Keine Energie mehr, mich selbst zu belügen. Was hätte das jetzt auch noch für einen Sinn? Jetzt, wo das Offensichtliche unmissverständlich zur

Schau gestellt wurde. Die Alarmanlage ist endlich still, mein Herzschlag sanft.

Emma flüchtet aus meiner Beuge, schnappt sich ihr Kleid und krabbelt hastig aufs Bett, dann zieht sie sich die Decke über ihre Beine. Ich lasse mich bäuchlings fallen, mein Gesicht auf ihren Oberschenkeln, die Arme um ihren Oberkörper geschlungen. Der Versuch, mich zu fangen, misslingt, und für ein paar weitere Minuten ergebe ich mich dem Weinen. Ich höre ein vorsichtiges Klopfen an der Tür.

»Bitte nicht reinkommen.« Emmas kurze Antwort genügt, um klarzumachen, dass gerade keine gute Zeit für Fragen ist.

Es muss ewig her sein, dass ich das letzte Mal vor ihr geweint habe. Waren wir da überhaupt schon auf der weiterführenden Schule? Sie ist meine beste Freundin, bei ihr konnte ich immer am ehesten ich sein. Gefühle zeigen, die ich sonst lieber verstecke. Aber es ist schon so lange her. Trotzdem, sie streichelt meinen Rücken und hilft mir, mich zu beruhigen, ohne Fragen zu stellen. Das leise Prasseln des Regens an der beschlagenen Fensterscheibe untermalt die Stille zwischen uns. Erst als ich mein Hemd übergezogen habe, schaue ich ihr fest in die Augen und …

»Emma …«

Noch ehe ich denken kann, rede ich: über die letzten Tage, den Streit mit Luca und meiner Familie. Dann höre ich auf auszuweichen und erzähle von dem Jungen, der mir ein Sexspielzeug verkaufen wollte, mit dem ich geflirtet habe und der mich so verletzt hat. So wie meine Beichte sie gerade verletzt. Das Beben ihrer Unterlippe kündigt an, dass nicht mehr viele Worte fehlen, bis auch sie den Tränen erliegt. Doch sie sagt nichts. Kein Kommentar, keine Fragen. Nicht über den Jungen, nicht über meine Sexualität. Die Flügel des Schmetterlings falten sich zusammen wie ein Panzer. Wie aus Reflex will ich sie in den Arm nehmen, um sie zu trösten, denn ich habe sie schon unzählige Male weinen sehen. Und das war immer das Richtige. Das, was sie brauchte.

»Es tut mir so leid!«

»Damian …« Sie streckt ihre Hand nach mir aus, um mich auf Abstand zu halten. »Danke für deine Ehrlichkeit und …«, sie kämpft, »es … es ist okay, aber … aber ich …«

»Emma …«

Was soll ich tun?

»Ich kann das nicht. Ich kann dich nicht mehr trösten.« Nun ist sie diejenige, die vor lauter Schluchzen nicht mehr sprechen kann. Wie erstarrt sehe ich zu, während jede Zelle meines Gehirns verzweifelt nach einer Lösung sucht, obwohl ich weiß, dass es keine gibt.

»Damian.« Wanda mit ihrem hübsch geflochtenen Zopf steht in der Tür und winkt mich zu sich. »Komm her.«

Emma, das Gesicht in ihren Knien vergraben, hält ihren Arm, der mich auf Abstand halten soll, noch immer in Position. Eine unmissverständliche Ansage. Kraftlos taumle ich auf Wanda zu. Wider Erwarten nimmt sie mich in den Arm und streichelt mir behutsam über den Rücken. Fast hätte sie damit den nächsten Heulkrampf ausgelöst, bis sie leise sagt: »Soll Leon dich nach Hause fahren?«

»I-Ist schon okay, ich kann ruhig laufen. Danke.« Völlig aufgelöst weiche ich aus ihrer Umarmung zurück und trotte Richtung Haustür. »Tut mir leid, dass ich deinen Geburtstag verpasse.«

Der Himmel schlägt wie wild auf mich nieder, und innerhalb von wenigen Minuten bin ich komplett durchnässt. Es ist nicht weit bis nach Hause, aber ich lasse mir Zeit.

Kapitel 15: Emil

Ich check's nicht. Gebannt schaue ich das Handyvideo in halber Geschwindigkeit, während ich versuche, den Handbewegungen des Sechsjährigen zu folgen. Hoch konzentriert und mit meiner Zungenspitze zwischen den Lippen spiegele ich jede seiner Bewegungen: Das Stofftaschentuch stopfe ich von oben in meine geschlossene Faust, doch als ich sie öffne, sind die Tintenflecken immer noch auf dem weißen Stoff. Groß und dunkelblau. So schwer kann das doch nicht sein, wenn selbst ein Knirps wie Lenny das hinbekommen hat. Ernsthaft, wann ist der Tag gekommen, als er *Emil, den Unglaublichen,* überholt hat? Zu meiner Verteidigung hat *Emil, der Unglaubliche,* seine Zaubererkarriere auch schon vor über zehn Jahren an den Nagel gehängt. Mehr oder weniger.

Gefrustet werfe ich das fleckige Tuch zusammengeknüllt auf mein Handy. Scheiß drauf. Mir doch egal. Dann kommt's halt in die Waschmaschine – die kann der Knirps nicht bedienen. Das dauert zwar länger als Magie, aber hey, nicht alles im Leben ist so einfach. Die Sache mit Damian zum Beispiel …

Noch bevor ich mich erklären konnte, hatte er mich wieder blockiert. Er wollte nicht hören, was ich zu sagen habe … also blieb ich dieses Mal still. Keine weitere Nachricht. Das war's. Was soll ich auch machen? Er hat sich klar ausgedrückt, und, um ehrlich zu sein, kann ich's ihm nicht mal verübeln. Bei all den Lügen, die ich ihm aufgetischt habe.

Falscher Name, falsches Alter, falsches Foto.

Und dank Buffy weiß er nun anscheinend auch, dass der Kontakt nur durch eine dumme Schnapsidee zustande gekommen ist.

Mal sehen, wer so erbärmlich ist. Im Traum hätte ich nicht daran gedacht, dass das alles so ausufern könnte. Und das

Schlimmste: Er glaubt, ich hab ihn die ganze Zeit mit Buffy an der Nase herumgeführt und verarscht. Aber das stimmt nicht. War nicht genau das der Grund für den Streit mit ihr? Dass ich ihn *nicht* mit ihr teilen wollte. Weil er mir wichtig ist. Mir wirklich etwas bedeutet hat. Das, was wir hatten, war echt.

Gedankenverloren greife ich nach dem fleckigen Taschentuch und beginne, es zwischen meinen Händen zu reiben, bis meine Hände warm werden. Und siehe da: Die Flecken werden blasser. So hat Lenny das also gemacht! Die Tinte reagiert auf Körperwärme. Hände reiben, dann das Tuch lang genug in der Faust halten, alle Leute ablenken, und schon scheint's so, als wären die Flecken verschwunden. Aber mit der Zeit, wenn sich alles abkühlt, kommen sie zurück. Hmm ... In meiner Kindheit gab's nur billige Karten- oder Münzentricks, Dinge, die die Familie eher gelangweilt haben, aber aus Anstand wurden immer Interesse und Begeisterung geheuchelt. Lennys Trick hingegen war so gut, dass ich ihn mitfilmen musste. Hut ab! Es ist wohl Zeit, den Zauberstab weiterzureichen. Und der Kleine ist ein großartiger Nachfolger.

Zeit mit ihm zu verbringen zeigt mir immer, wie einfach das Leben sein kann. Okay, er wurde vermutlich noch nie von seinem Kindergartenschwarm auf WhatsApp entblockt, durch die Mangel gedreht und dann wieder fallen gelassen, bevor er sich erklären konnte. Daher schwer zu vergleichen, Lenny. Und trotzdem bin ich froh, dass Tante Sophie mit den Kids zu Besuch gekommen ist. Ich dachte, der Umzug hätte die Beziehung zwischen ihr und meiner Mum zerstört oder zumindest angeknackst. Aber sie gestern nach all der Zeit so glücklich gemeinsam zu sehen, lachend und tratschend, als wäre es das Alltäglichste und zugleich Beste auf der Welt ... Vielleicht ist gar nicht alles so fragil, wie es immer scheint.

Die blaue Farbe auf dem Taschentuch wird langsam wieder

sichtbar. Ich muss Lenny gestehen, dass ich ihm sein Zaubertuch abgezogen hab, um seinen Trick zu debunken. Und es geschafft hab. Der wird sich grün und blau ärgern.

PLING

Ich haste stolpernd von meiner Couch an den Schreibtisch zu meinem MacBook. Hey, ich hab nie behauptet, dass der jämmerliche Versuch, mich durch Zaubertricks von Damian abzulenken, tatsächlich hilft. Aber enttäuscht muss ich feststellen: Die Mail ist nicht von ihm, sondern von Kleinanzeigen.

Lieber Nutzer,
deine Anzeige wurde gelöscht, da der von dir angebotene Artikel bei Kleinanzeigen unzulässig ist.

Okay. Jemand muss das Dildo-Inserat gemeldet haben. Kein Wunder ... Da ich die Anzeige nie rausgenommen habe, ist sie die ganze Zeit online geblieben, ohne dass sich sonst wer dafür interessiert hat. Zum Glück, denke ich mir. Die Neugier darüber, wer sich Secondhand-Toys besorgt, ist gänzlich in mir gestorben. Und doch dreht sich mir der Magen um, wenn ich daran denke, dass Damian und ich diesen Deal nie abgeschlossen haben.

Daran zu denken, wie alles angefangen hat, wie wir uns kennengelernt haben, die kleinen Witze und geheimen Absprachen, und wo wir letztendlich falsch abgebogen sind, versetzt mir einen Stich. Gedankenverloren klicke ich auf das Logo in der Mail, um mich einzuloggen. Ob unsere Nachrichten bei Kleinanzeigen jetzt noch einsehbar sind? Zeigt sein Profil vielleicht sogar, wann er zuletzt online war? Doch so weit komme ich gar nicht.

Zugangsdaten ungültig.

Hä? Wie soll das gehen? Mein Passwort ist doch im Browser gespeichert?

PLING

Eine weitere Mail.

Betreff: *LÖSCHUNG DEINES NUTZERKONTOS*

Was geht hier ab? Hastig überfliege ich den Inhalt.

Lieber Nutzer,
dein Nutzerkonto wurde aufgrund eines Betrugsverdachts und somit dem Verstoß gegen unsere Nutzerbedingungen/Grundsätze umgehend gelöscht. Solltest du dagegen Einspruch –

Weiter komme ich gar nicht, da plingt es schon wieder.

Ey, was soll das? Ich bin unter Beschuss!

Völlig verwirrt klicke ich auf die dritte Mail.

»Ungeehrter Flachwichser«, jetzt wird's aber unprofessionell. Ich schaue auf den Absender, und die Mail kommt von ... Mir stockt der Atem, als ich die Mail-Adresse lese, deren Nachrichten ich mittlerweile selbst um 3 Uhr nachts vollständig zitieren könnte: *DamianXVII@mailto.de*

Ich habe deinen Betrug bei Kleinanzeigen gemeldet und die gesamte Geschichte geschildert: dass du unter Vortäuschung falscher Tatsachen Gummipimmel online stellst, um damit Leute zu catfishen, die du dann mit deinen Freund*innen cybermobben kannst.

Cybermobben? Was für ein Schwachsinn. Ist das die Version, die er von Buffy hat? Dass wir ihn die ganze Zeit auslachen deswegen? Wie kann er das überhaupt glauben, nach all dem, was ich ihm über mich erzählt habe? Okay, Emil … vielleicht hast du dir das mit dem Vertrauen selbst verbockt. Ich lese weiter.

Das Internet ist kein rechtsfreier Raum, und da ihr hier auf die Sexualität von anderen abzielt, könnte man das Ganze genauso gut als Hate-Crime einordnen.
Also hör mir gut zu, du Arschloch: Wenn du auch nur einer Menschenseele von all dem erzählst oder meinst, irgendwas online posten zu müssen, zeig ich dich nicht nur an, ich finde dich und prügele die Scheiße aus dir raus, damit das klar ist!

Hochverachtungsvoll, Damian

Was zur Hölle war das bitte? Ich wusste, dass er wütend ist, aber so? Vielleicht hatte er nach unserem letzten Streit doch auf eine Mail gewartet. Eine Erklärung. Und weil er die nie erhalten hat, ist er explodiert. Ein kompletter Rundumschlag, um andere wie ihn zu schützen. Vor mir. Aber wieso schreibt er mir dann noch mal? Es wird definitiv Zeit für ’nen Plan, auch wenn er potenziell mit einem Emil endet, aus dem die Scheiße rausgeprügelt wird.

Weil ich meinen Kopf abkühlen muss, trabe ich die Treppe hinab, um mir die letzten zwei Red Bulls zu krallen. Doch als ich die Küche betrete, verstummen meine Eltern abrupt. Skeptisch ziehe ich eine Augenbraue hoch, während ich mich dem Kühlschrank nähere. Durch das Auftauchen meiner Tante gestern hängt unser Streit noch immer wie eine dicke Wolke in der Luft.

»Emil.«

»Ja, Mama?« Ich öffne die Tür und krame mich durch die zugestellten Kühlfächer. Irgendwo müssen die Dosen doch sein?

»Dein Vater will sich bei dir entschuldigen.«

Ich halte inne, in der linken Hand die Käsebox, in der rechten den Energy, den ich gerade entdeckt habe. Als die Stille sich ausdehnt, drehe ich mich um und sehe meinen Vater, den Blick zu Boden gerichtet. Sein Kopf, hochrot. Kein Wort verlässt seine Lippen. Als würde er innerlich kämpfen, verlagert er das Gewicht von dem einen aufs andere Bein, während die Hände am Saum seines Hemdes friemeln. Dann, urplötzlich, dreht er sich um und nuschelt »'tschuldigung«, während er nach seiner Jacke greift und aus der Haustür verschwindet.

Was zur Hölle war das?

Dann höre ich Mum die Stimme meines Vaters imitieren:

»'tschuldigung, dass ich deine Privatsphäre missachtet und dich unter Generalverdacht gestellt habe. Ich mache mir nur Sorgen und will das Beste für dich, weil ich Angst habe, dass es dir nicht gut geht. Und trotzdem weiß ich, dass wir dich so erzogen haben, dass du deine eigenen Entscheidungen treffen kannst.« Ich sehe meine Mutter an, und als sich unsere Blicke treffen, zuckt sie mit den Schultern: »Er ist nicht unbedingt ein Mann der großen Worte.« Ich kann mir ein Grinsen nicht verkneifen. Dann senkt sich ihr Blick. »Ich hoffe, du verlernst das nie, Emil.«

»Was meinst du?«

»Zu sagen, was in dir vor sich geht. Das zu können und auch zu tun ist eine Superkraft, die den meisten beim Erwachsenwerden verlorengeht.«

Eine Superkraft?

Über seine Gefühle reden zu können soll eine *Superkraft* sein? Ich fühl mich nicht, als hätte ich eine Superkraft. Eher, als wäre ich umringt von Mauern. Sie sehen aus wie die Tür, aus der mein Vater verschwunden ist.

Kein Mann der großen Worte.

Mauern aus Männern, beim Fußball. Immer zweiter hinter Kevin, immer Vorletzter bei der Teamwahl, immer grinsen. Nichts sagen. Mauern in der Turnhalle. Kevin schreit im Regen, Buffy beichtet alles, was wir wissen, aber worüber wir nicht sprechen. Warum sag ich denn nie etwas? Ich sehe mich selbst an meiner alten Schule. Wie ich leiser und leiser werde. Wie wir umziehen und ich lauter werde, kichere und lache, aber nichts sage. Witze, Worte, aber nichts kommt raus. Keine Gefühle. Nur Mauern. Ist es bereits zu spät? Komme ich hier nie wieder raus?

»Mama.« Ich schlucke, und mein Hals tut weh, als mein Blick glasig wird. »Ich ... Ich wollte doch nur, dass alles bleibt, wie es ist. Dass alles wird, wie es war.« Sie kommt auf mich zu und nimmt mich in den Arm, als ich den Atem anhalte, um drinzubehalten, was nicht rausdarf. Alles drinbehalte.

Sie streichelt meinen Kopf. »Nichts bleibt je, wie es war, und das ist gut. Das ist völlig okay, Emil.«

Ich denke erneut an meinen Vater und weiß, dass ich so nicht sein will. So will ich nicht erwachsen werden.

»Es tut mir leid, dass wir hier draußen festsitzen und du so unglücklich bist«, sage ich.

»Wieso sollte ich denn unglücklich sein?«

»Na, weil der ganze Rest der Familie jetzt so weit weg ist. Oma, deine Schwestern, deine Freunde ...«

»Emil, das sind nicht mal zwei Stunden Fahrt, und außerdem haben wir doch auch neue Freunde hier.«

»Hätte ich mich bloß nicht verliebt. Damals, die Sache mit Paul.«

»Das war doch nicht der Grund für den Umzug. Wegen des

Mobbings hätten wir dich doch einfach an eine andere Berliner Schule schicken können, die Goethe oder die Geschwister-Scholl. Aber egal was Papa in seiner Wut gesagt hat, das Haus hier draußen hatten wir schon eine Weile im Auge.«

»Was?« Verdutzt löse ich mich aus ihrer Umarmung. »Warum hab ich davon damals nichts mitgekriegt?«

»Na, genau deswegen. Weil du die ganze Zeit mit Paul und euren Geheimnissen beschäftigt warst.«

Kann das sein? War das die ganze Zeit alles nur in meinem Kopf? Ein Schuldgefühl aus Scham, nach all dem, was passiert war? Oder sagt sie das nur, um es mir leichter zu machen?

»Emil, du musst dich bei uns nie dafür entschuldigen, wer oder wie du bist. Dein Vater und ich sind zwei erwachsene, eigenständige Menschen. Und so wie wir dir vertrauen, musst auch du uns vertrauen, dass wir die richtigen Entscheidungen für uns treffen.« Es klingt, als läge da etwas Unausgesprochenes in der Luft. Aber ich hake nicht nach.

»Was ist, wenn ich meine Superkraft schon verloren habe, Mama?«

»Das hast du nicht. Glaub mir.«

Ich lächle nur schwach. »Ja, bei dir ist es auch leicht, über alles zu reden. Du bist meine Mum.«

»Dann umgib dich mit Leuten, die so fabelhaft sind wie deine coole *Mum*. Bei denen du einfach du selbst sein kannst.«

Plötzlich überkommt mich eine Hitzewelle. Bei denen ich einfach ich selbst sein kann? Es gibt nur einen Menschen, bei dem ich in letzter Zeit das Gefühl hatte, immer sein zu können, wie ich wirklich bin.

»Mum, ich muss jetzt los.« Hastig schlüpfe ich in meine Sneakers und werfe mir meine Jacke über.

»Wo soll's denn hingehen?«, fragt sie verdutzt.

Ich grinse breit: »Training«, und das ist nicht mal gelogen.

Denn ich *muss* trainieren. Trainieren auszusprechen, was in mir vorgeht. Denn wenn ich das nicht tue, werden die Mauern höher und höher, und ich verschwinde hinter ihnen.

Ich greife zur Klinke, öffne die Haustür, und plötzlich blicke ich in große, verwirrte Rehaugen. »Buffy?« Wir beide sind völlig erstarrt, ihr Finger schwebt Zentimeter vor der Klingel. Ich muss ihr zuvorgekommen sein. Einen Moment lang geschieht gar nichts, dann drückt sie.

DIIIING!

DOOOONG!

DIIIING.

Peinliche Stille.

Dann ruft meine Mutter uns aus der Küche zu: »Na, aufmachen brauchst du ja jetzt nicht mehr, Emil. Hi, Buffy. Ich bin dann mal oben im Arbeitszimmer, ihr zwei.« Die Treppe quietscht, als sie sich entfernt, und ich trete zur Seite. Mit einer Handbewegung bitte ich Buffy rein, doch sie bleibt stehen.

»Du hast deine Nachricht gelöscht.«

»Die Sprachnachricht? Ja, war nicht ..., war nicht so wichtig.«

»Oh, okay.«

Wir schweigen kurz, dann setzt sie erneut an.

»Wahrscheinlich hast du wieder dämlich rumgestammelt und dich um Kopf und Kragen geredet. So was wie: ›Es tut mir leid, dass du so 'ne zickige Tsundere bist. Oh sorry, war nicht so gemeint.‹«

»Hey, das war ein Mal.« *Tsundere* ist Animevokabular für ein Mädchen, das nach außen hart und tough tut, aber unter deren harter Schale ein weicher Kern steckt. »Und ich stehe immer noch dazu. Du bist 'ne Tsundere, durch und durch.«

Sie haut mir eine runter, mit 'nem kleinen Spiralblock, der mir bis eben nicht aufgefallen ist.

»Aua! Beweisstück A!«

»Schnauze! Dann hättest du die Sprachnachricht ja nicht löschen müssen, wenn du dazu stehst, du feige Feige.«

»Sagt die Richtige. Meinst du, ich hab dein ewiges Getippe nicht gesehen? Warum hast du das nicht abgeschickt, huh? Selber feige Feige.«

Buffy unterdrückt den Anflug eines Grinsens.

Dann fällt mein Blick erneut auf den Block in ihrer Hand. »Was ist das?«

»Meine Entschuldigung.«

»Buffy –«

»Nein, lass mich. Ich weiß, dass es wegen mir oft kompliziert war zwischen uns. Dass du deshalb über viele Dinge nicht offen mit mir reden konntest. Aber glaub mir, ich will dich gar nicht verändern.« Sie schaut mich direkt an, und es fühlt sich an, als würden wir uns das erste Mal in unserer Freundschaft *wirklich* sehen. »Ich kann nichts dafür, wie ich fühle, und du kannst nichts dafür, wie du fühlst. So ist das Leben. Es ist wie bei Buffy und Spike.«

»Was?«

»Na, wie in der Serie. Buffy ist Vampirjägerin und Spike Vampir.«

»Weiß ich jetzt nicht, ob sich das so gut übertragen lä…«

»Buffy will was von Spike, aber der ist halt in Angel verknallt, den anderen hotten Blutsauger. Da hat sie nun mal keine Chance. Und auch wenn sie sich insgeheim vielleicht denkt: Hey, Spike ist schon 'n Snack, weiß sie, wenn er was für Vampirjägerinnen übrig hätte, hätte er das sicher in seinen 170 Jahren Existenz herausgefunden. Aber er will halt Vampire. Und Buffy sollte sich auch besser 'nen hotten Dämonenjäger suchen. Alles andere bringt nur … Apokalypse.«

»Ja, Buffy, ich bin mir ziemlich sicher, das ist nicht der Plot der Serie.«

»Eben, darum hab ich eine Alternate Universe Story geschrieben«, und sie reicht mir den kleinen Spiralblock.

Mir wird plötzlich ganz heiß, und ich cringe ein bisschen.

»Du hast … was?« Ich verzerre wehleidig kichernd mein Gesicht, dann schlägt sie mir erneut mit dem Block auf den Kopf.

»Hallo, das ist Kunst! Sei mal ein bisschen dankbar!«

Und das bin ich. Ich nehme ihr den Block aus der Hand und umarme sie. Langsam verlässt die Anspannung ihren Körper, und ich flüstere leise: »Es tut mir leid, wie alles gelaufen ist.«

»Mir auch.«

Wir liegen uns noch eine Weile einfach so im Arm, dann trifft es mich plötzlich, und ich befreie mich. Mit Schwung kriegt sie nun von mir eine mit dem Block übergezogen. »Was hast du Damian eigentlich für eine Scheiße geschrieben?«

Verlegen kratzt sie sich am Arm. »Oh. Das.«

»Ja, das.«

Sie tippt auf ihrem Handy und zeigt mir die Mail in ihrem Gesendet-Ordner. Während ich sie lese, kocht Wut in mir auf, aber nicht zwingend auf Buffy.

»Ich hätte viel früher ehrlich mit ihm sein müssen.«

»Hey, dafür ist es noch nicht zu spät.«

»Das hoffe ich. Er hat mich überall geblockt. Selbst über Kleinanzeigen erreiche ich ihn nicht mehr.«

»Oh.«

»Außerdem hat er gesagt, er will mir die Fresse polieren.«

»Prince Charming. Dann kannst du ja von Glück reden, dass ich ’nen Erste-Hilfe-Kasten im Kofferraum habe.« Sie tritt zur Seite und deutet auf einen alten VW Polo, der seine besten Jahre schon hinter sich hat.

»Heißt das, du hast deine Fahrprüfung bestanden?«

»Mit Bravour, was hast du denn gedacht.« Sie zieht einen klobigen Retro-Startschlüssel aus der Jeansjacke und dreht ihn lässig am Schlüsselring um den Zeigefinger. »Los, steig ein. Wir machen jetzt ’nen Roadtrip!«

»Was …?«

»Hast du nicht gerade gesagt, du weißt sonst nicht, wie du mit ihm kommunizieren sollst?«

»Schon, aber … Ich dachte da eher an die gute, alte Post.«

»Emil, ganz oder gar nicht! Willst du ihm wirklich ’nen Liebesbrief schreiben, und das war’s? Wenn er den überhaupt liest, statt ihn direkt zu schreddern.«

»Aufbauend. Danke.«

»Was, Junge? Soll’s wieder zurück zu ein bisschen texten und flirten hier und da gehen?«

»Ich, äh …«

»Nein! Du musst jetzt alles auf eine Karte setzen. Du willst doch das Happy End, oder? Denn wenn nicht, kriegst du nur die bedauernswerte Sad-Boy-Tragödie à la *Call Me By Your Name*.«

Sie hat recht. Wenn ich Damian wirklich zeigen will, dass ich es ernst meine, dann braucht es mehr als einen Brief.

»Okay. Ganz oder gar nicht!«

Kapitel 16: Damian

Die Sonne scheint durch das offene Dachfenster direkt in mein Zimmer und flutet den Raum mit Licht. Nicht unbedingt die besten Voraussetzungen zum Switch spielen, aber ich freue mich über die warmen Sonnenstrahlen und entscheide mich deswegen dagegen, das Rollo zu schließen. Ende April und es riecht nach Frühling, sogar mehr als nach Energydrinks.

»Ja, ja … komm, komm jetzt«, brumme ich angestrengt vor mich hin, während ich in *Kingdom Hearts* hoch konzentriert gegen den Secret Boss Sephiroth antrete. Der Kampf geht schon eine Weile, und es sieht aktuell gar nicht schlecht für mich aus. Leider muss das noch nichts heißen. Meine Hände schwitzen wie verrückt, weil Luca und ich schon zigfach an diesem Punkt waren, aber dann doch jedes Mal verloren haben. Und dann passiert es: Ein letzter Schlag, die SlowMo setzt ein, und der Bildschirm wird weiß. Ich gewinne!

»Was zum … HÄ? ICH HAB'S GESCHAFFT!!« Jubelnd springe ich aus dem Sitz und drehe mich, mit dem Controller an mich gepresst, einmal im Kreis. »Wie krass …«, fassungslos werfe ich ihn zurück aufs Bett, schnappe mir wie aus gewohntem Reflex mein Handy und mache ein Foto vom Siegerbildschirm, das ich über WhatsApp an Luca schicke.

Ups, Shit! Das war blöd.

Die letzte Nachricht in unserem Chat war die Entschuldigung, die ich ihm am Sonntag geschickt habe und auf die er bisher nicht reagiert hat.

Egal … Zurückziehen sähe noch komischer aus.

Mit einem kurzen Seufzen schließe ich WhatsApp und scrolle durch Instagram. Emma hat eine Story vom Sonnenuntergang an der Ostsee gepostet. Gestern Abend ist sie also mit ihrer Familie zu ihrem Ferienhaus gefahren. Ob sie eine Freundin oder Leon einen seiner Kumpels an meiner Stelle mitgenommen hat? Es ist jetzt eine Woche her, dass wir uns getrennt haben, und ich habe sie seitdem auch nicht mehr gesehen. Ich war die ganze Woche nicht in der Schule. Hätte niemals gedacht, dass meine Mum das zulässt, aber als ich letztes Wochenende klitschnass zu Hause angekommen bin, hat sie mich nur in den Arm genommen und gesagt: »Mijo, wenn du drüber reden willst, sag Bescheid. Ich mach dir jetzt erst mal was zu essen.« Ich traue der Ruhe noch nicht wirklich, aber hey, gerade bin ich einfach froh, dass es so ist.

Ich vermisse Emma sehr. Die Schuldgefühle, die mich die letzten Tage noch etliche Tränen gekostet haben, quälen mich ziemlich, aber heute ist es zumindest ein bisschen besser. Keine Ahnung, vielleicht liegt's an der Sonne oder an meinem glorreichen Sieg über Sephiroth, aber ich fühle mich irgendwie leichter. Das erdrückende Gewicht, das das Chaos des stressigsten Aprils meines Lebens mit sich gebracht hat, fällt Stück für Stück von mir ab. Ich kann wieder frei atmen. Und trotzdem: Ich wünsche mir nichts mehr, als dass Emma und ich uns irgendwann wieder vertragen. Es gibt keine Zukunft für uns als Paar, das steht fest, aber ich will meine auch nicht komplett ohne sie erleben. Das kann ich mir einfach nicht vorstellen. Ich weiß, dass diese Entscheidung nicht allein bei mir liegt, aber, ja, ich wünsche es mir sehr.

Ich gehe zum Fenster und stütze mich mit beiden Unterarmen gegen den Rahmen. *Crazy Shit, Mann …,* geht es mir durch den Kopf. Mein Blick schweift zu meinem iPad, das auf meinem verkramten Schreibtisch liegt. *Soll ich? Ach, warum eigentlich nicht.*

KLOPF, KLOPF, KLOPF

»Hey, Vivi, kann ich reinkommen?«

»Wer ist da?«, höre ich ihre Stimme.

Ich runzle die Stirn: Was soll das heißen, wer ist da?

»Was ist das für ’ne blöde Frage? Dein Bruder?«

»Ich habe keinen Bruder.«

Oh mein Gott, dieses Mädchen ist so unfassbar nervig. »Doch, hast du, und es tut ihm leid, dass er sich wie ein Idiot aufgeführt hat. Darf er bitte reinkommen, um sich zu entschuldigen?«

Stille.

Ich hasse sie.

»Ich hab ein Geschenk für dich.«

Leise Schritte nähern sich der Tür. Wusste ich's doch, dass die Alte käuflich ist. Wie in Zeitlupe senkt sich der Griff, dann öffnet sich die Tür einen winzigen Spalt, aus dem zwei böse dreinblickende Augen herauslugen. »Denkst du, ich bin käuflich?«

Ach, Vivi.

»Hmm …« Ich schaue in die Luft, als würde ich ernsthaft über ihre Frage nachdenken. »Ich schätze, das hängt davon ab, was verkauft wird?« Natürlich funktioniert meine Taktik, ich kenne sie halt. Ihre Pupillen schnellen hastig hin und her, um mich nach dem versprochenen Geschenk abzuscannen, aber weil ich damit gerechnet habe, halte ich es in weiser Voraussicht hinter meinen Rücken. »Wenn du wissen willst, was es ist, wirst du mich reinlassen müssen.«

»Woher weiß ich, dass du mich nicht verarschst?« Ihre Augen verengen sich zu Schlitzen, doch die Neugier zwingt sie dazu, den Türspalt ein weiteres Stückchen zu öffnen.

»Tja, gehst du das Risiko ein?«

Sie überlegt kurz, dann knirscht sie »Na schön« und tritt zur Seite. »Ich lasse dich gewähren.« Mit der Geste eines ausgestreckten Arms symbolisiert sie mir, dass ich an ihr vorbeigehen soll. Offensichtlich, damit sie einen Blick hinter meinen Rücken werfen kann, doch ich drehe mich so zu ihr hin, dass das nicht funktioniert.

»Trchoo …«, höre ich sie raunen.

»Also, pass auf …«, setze ich an, »tut mir leid, dass ich dich so angemault hab. Und dass ich dich bei Mama verpfiffen hab auch. Das war echt voll daneben, vor allem, weil du mich ja bei Emma gedeckt ha– Vivi, hörst du mir überhaupt zu?«

Ungeduldig tapst sie auf der Stelle. Es sieht aus, als sei *Bla bla bla* das Einzige, das in ihren Ohren ankommt, und als warte sie nur darauf, dass ich endlich aufhöre zu reden.

Was 'ne Ätzkuh, ey. Sich zu entschuldigen ist nicht unbedingt das Leichteste auf der Welt.

Ich seufze genervt, aber entscheide mich dazu, uns beide zu erlösen. »Hier, ein Friedensangebot.« Mit diesen Worten ziehe ich das iPad hinter meinem Rücken hervor und strecke es ihr entgegen. »Du kannst es haben, bei mir liegt's eh nur rum und …« Weiter komme ich nicht, da hat sie es mir schon aus der Hand gerissen.

»OH MEIN GOTT, WIRKLICH???« Mit einem Sprung fällt sie mir in die Arme, »Danke, Dami, das ist das allercoolste Geschenk jemals!!!«, trällert sie, während sie aufgedreht um mich herumtanzt. Sie scheint ihr Glück kaum fassen zu können, ein bisschen noch, und sie explodiert.

»Heißt das, du bist nicht mehr sauer auf mich?«

»Ach pff, schon seit Tagen nicht mehr.« Keine zehn Sekunden, und sie hat bereits die Zeichen-App geöffnet, auf der sie freudig etwas skizziert. Wenn sie mit diesem Eifer dranbleibt, stehen die Chancen gut, dass sie mal richtig krass wird.

»Ah ja … Und das soll ich dir glauben?« Skeptisch ziehe ich eine Augenbraue hoch.

Wie aus dem Nichts schnellt der Stift, den sie in ihrer rechten

Hand hält, in meine Richtung. »Ja. Du hast mich angemault, na und? Das ist kein Weltuntergang. Aber ich wollte trotzdem, dass du dich entschuldigst. Das gehört sich nämlich so!«

»Ihhh, bist du auf einmal 'ne Lehrerin geworden oder was?«

»Hallo? Ich werde Künstlerin!«

»Hm ...« Ich werfe einen demonstrativen Blick auf ihre Skizze. »Vielleicht lieber doch Lehrerin.«

»DAMIAN!« Sie holt aus, um mir mit ihrem Lehrer-Künstlerinnen-Stift in die Seite zu piksen, doch es gelingt mir mit Leichtigkeit auszuweichen.

»Zu langsam, blöde Kuh!«

Dann lachen wir beide und ich noch weiter, nachdem sie schon aufgehört hat. Ich fühle mich gerade so gut, dass ich nicht will, dass das Lachen aufhört.

»Ja, komm, so witzig war's jetzt auch nicht.« Sie verdreht die Augen und pflanzt sich auf den Boden, um weiter an ihrer Skizze zu arbeiten.

»Sag mal, hast du eigentlich was von Emma gehört?« Mein Tonfall wechselt, doch überraschenderweise geht mir die Frage recht flüssig über die Lippen. Ich fläze mich neben Vivi und lehne mich mit dem Rücken gegen die Kante ihres Bettes.

»Hmm ...« Mit ihrer freien Hand tippt sie auf ihrem Handy herum, das sie zwischen uns platziert hat. »Nicht wirklich, nur dass sie gut an der Ostsee angekommen sind und sie sich meldet, wenn sie zurück ist.« Vivis mitleidiger Blick trifft meinen. »Das wird schon wieder, Dami.« Ihre Finger krabbeln zu meiner Hand und streicheln sie tröstlich.

Das kannst du leider nicht wissen. Ein schmerzlicher Gedanke, und trotzdem freue ich mich über ihre Geste.

PLING

»Hm?« Gleichzeitig schauen wir auf Vivis Handy, doch das Display bleibt schwarz. Dann war das meins? Ich fische es aus meiner Hosentasche und sehe das Benachrichtigungs-Pop-up-Fenster von WhatsApp. *Luca hat mit einem Daumen hoch auf dein Bild reagiert.* Aus Freude über die Nachricht setze ich mich schwungvoll auf.

Luca!

Ein dickes Grinsen zieht sich über mein Gesicht. So auffällig, dass es Vivi natürlich nicht entgeht.

»Was denn nun? Hast du gerade ein Nacktbild von 'nem Typen bekommen oder warum der plötzliche Stimmungswechsel?« Sie versucht, diese unverschämte Frage so lässig wie möglich zu stellen, doch ich weiß genau, dass sie vor Neugier platzen würde, würde ich mit »Und wenn's so wäre?«, darauf antworten. Wenn das geheime Geschenk sie schon ans Limit bringt, wäre das der Gnadenstoß.

»Wo wir gerade darüber sprechen.«

»DU sprichst darüber«, falle ich ihr ins Wort.

»Ja, ist doch gut.« Sie wedelt mit der Hand, um meinen Kommentar möglichst schnell abzutun. »Bist du …«, sie zögert, aber spricht dann vorsichtig weiter, »eigentlich zu einer Erkenntnis gekommen? Ich meine … was die Sache mit dem Schwulsein und so angeht.« Im Gegensatz zur vorherigen Neugier höre ich jetzt ehrliches Interesse in ihrer Stimme. Ohne es zu merken, ist sie von ihrer Skizze abgekommen und malt nun gedankenverloren Kreise und andere Schnörkeleien auf den weißen Untergrund. Hat sie Angst vor meiner Reaktion? Na ja, das liegt vermutlich daran, dass ich sie bei unserem Streit deswegen so angefahren habe.

»Ist okay, du kannst ruhig fragen.« Ich lächle sie ermutigend an. »Ehrlich gesagt, so richtig weiß ich das selbst noch nicht.« Ich merke, dass es gar nicht so leicht ist, diese Frage zu beantworten. »Ich will auf jeden Fall versuchen, mir da nicht so viel Druck zu machen.«

Denn das geht sonst nur wieder nach hinten los.

»Verstehe«, entgegnet sie, mittlerweile zu ihrer Skizze zurückgekehrt.

»Aber …« Jetzt bin ich der, der verlegen Kreise auf den Teppichboden malt. »Ich würd gerne mal einen Jungen kennenlernen.«

Eigentlich will ich den einen Jungen kennenlernen, aber daraus wird wohl eher nichts.

DING, DONG

»Erwartest du jemanden?«, frage ich Vivi, die nur den Kopf schüttelt.

Ich öffne die Tür und sehe in das Gesicht eines strohblonden Typs, den ich bisher nur von Fotos kannte.

»Hey, Damian. Ich bin's, Emil.«

Nope. Das kann ich nicht. Ich will die Tür wieder zuknallen, doch er hält sie auf.

»Hey, warte. Ich bin den ganzen Weg gefahren, um dir das zu geben.«

Erst jetzt fällt mein Blick auf ein Päckchen, das er unterm Arm trägt. Es ist vielleicht zwanzig Zentimeter breit, dreißig Zentimeter lang und in neongrelles Geschenkpapier gewickelt.

»Hier!« und er streckt es mir entgegen. Panisch drücke ich seinen Arm nach unten, um es zu verstecken.

»Sag mal, bist du bescheuert?! Ist da das Toy drin? Du hast sie doch nicht alle. Meine Mum ist zu Hause, Junge!« Und da höre ich sie auch schon von drinnen rufen.

»Damian, quién es ese?«

»Die Post!« Leise wende ich mich wieder zu Emil. »Sieh zu, dass du verschwindest.« Aber er denkt überhaupt nicht dran. Im Gegenteil. Er beginnt, das Geschenkpapier aufzureißen, was mich dazu bringt, immer wieder über meine Schulter zurückzuschauen, aus Angst, dass meine Mum jede Sekunde auftauchen könnte.

»Das ist kein ...«, er senkt die Stimme, »... Dildo, sondern die *ONE VOICE*-Limited-DVD-Box. War gar nicht so einfach, noch eine davon aufzutreiben.«

Ich blicke auf den schwarz-goldenen Karton in seinen Händen. »Kein Wunder. Die ist auch heftig selten.«

»Ja, und heftig überteuert.«

Ich schau ihn nur an. *Was will er hier? Was soll das alles?*

Er scheint mit sich zu kämpfen. Seine Finger zupfen nervös am Saum seiner Jacke, dann sieht er mich mit seinen großen, feuerblauen Augen an.

»Wir sind wie die zwei aus diesem Anime. Die können auch

nicht mehr miteinander reden, wegen dem Fluch, der auf dem Mädchen liegt.«

»Ich kenne die Story. In- und auswendig.«

»Ja, aber zum Schluss gibt's ein Happy End, und sie brechen den Zauber. Indem sie sich endlich berühren. Darum bin ich hier.«

Ich ziehe eine Augenbraue hoch und hebe vorsichtig meine Hände zur Abwehr.

Emils Kopf wird knallrot. »Nein, ich meine – ich will dieses Ende, Damian. Ich will, dass wir wieder reden können. Und das ging nicht, weil du mich blockiert hast.«

»Weil du mich verarscht hast.«

»Ja, genau! Und indem ich hierhergekommen bin, breche ich den Fluch. Oh mein Gott, ich schwör dir, im Auto klang das alles so viel schöner und nicht so behämmert.« Er vergräbt sein Gesicht in seiner Hand und dreht sich weg, als würde er gehen. Reflexartig lehne ich mich nach vorn, dann dreht er sich wieder zu mir, und ich weiche zurück. Runde zwei.

»Okay. Warte. Was ich sagen will …« Emil deutet auf die DVD-Box, und das zerrissene Geschenkpapier fällt zu Boden. »Das hier ist zwar nicht die, die du mir geschickt hast, aber nur, weil ich sie nicht mehr reparieren konnte. Oh, und glaub mir, ich hab's versucht.«

»Das hab ich schon verstan…«, doch als ich nach der Box greifen will, zieht er sie mir weg.

Junge, was ist mit ihm?!

»Nein, warte. Ich wollte alles in Ordnung bringen. Aber manchmal klappt das einfach nicht. Und manchmal ist es gut, dass sich alles verändert. Weil man dann nämlich von vorn anfangen kann.« Nun streckt er mir die Box demonstrativ entgegen.

Soll ich sie *jetzt* nehmen?

»Die hier ist neu. Und ich hab mich echt darum bemüht für dich.« Den letzten Teil vernuschelt er. »Und ich dachte, vielleicht können auch wir damit hier und jetzt neu anfangen.«

Sein Blick ist voller Unsicherheit. Voller Angst. Ich will ihn einfach nur in den Arm nehmen und vergessen, was passiert ist. Aber das kann ich nicht. Und das scheint er zu spüren, denn seine Stimme bebt.

»Klar, Enno ist nicht mein Name, ich geh noch zur Schule und sehe auch nicht aus wie Felix Mallard, aber trotzdem war ich bei dir immer *Emil*. Mehr als ich es sonst bin. Das war alles echt. Und jedes Mal, wenn du mir geschrieben hast, war ich einfach so happy.«

Da erscheint meine Mutter wie aus dem Nichts, und ich schrecke zusammen.

»Wer war happy? Was dauert denn hier so lang? Brauchen Sie noch eine Unterschrift, junger Mann?« Ihr ungeduldiger Blick fällt auf das aufgerissene Paket in Emils Händen, das er mir zittrig entgegenstreckt. »Unprofessionell«, murmelt sie. »Hast du das bestellt, Damian?« Als sie sich an mir vorbeischieben und nach dem Karton greifen will, bin ich schneller: Ich blockiere den Türrahmen und somit den Weg hinaus.

»Ja, das ist für mich«, antworte ich knapp.

Verwirrt schaut sie von mir zu Emil und mustert ihn nun genauer. Als DHL-Fahrer geht er wohl kaum durch. Aber vielleicht als privater Paketzusteller von Amazon? Ich schlucke. Ihr Blick liegt auf dem goldenen *ONE VOICE*-Schriftzug, der die Box in Emils Händen schmückt. *Den kennt sie.* Ein großes Poster des Animes hängt an meiner Zimmertür, der Soundtrack läuft andauernd. Die Stille wird beinahe unerträglich. Dann nickt sie kurz.

»Vale. Entonces coge el paquete y entra, Damian. Que hay mucha corriente!«

Ich seufze und greife resigniert nach der Box, die Emil mir noch immer entgegenstreckt. Doch als sich unsere Blicke treffen, sehe ich die Angst in seinen Augen, und plötzlich fühle ich sie auch.

Was ist, wenn jetzt und hier alles vorbei ist? Wenn das das erste und letzte Mal ist, dass wir uns sehen? Ich habe noch so viele Fragen. Wer ist er? Wie riecht er? Wie klingt er, wenn er lacht, und wie sieht er dabei aus?

»Damian!« Ihre Stimme reißt mich aus meinen Gedanken, und ich gehe hinaus. Einen Schritt auf den blonden Jungen zu, der auf unserer Veranda steht und mich verwirrt anstarrt.

»Mama, das ist Emil, und wir haben hier noch was zu bereden. Privat. Also kannst du uns *bitte* allein lassen?«

Sie schaut mich an. Irritiert und ein wenig verletzt. Aber nach einem kurzen Moment antwortet sie: »Also schön«, und geht zurück in Richtung Wintergarten. Behutsam schließe ich die Haustür hinter mir und dreh mich wieder zu Emil.

»Das ist also deine Mum. Krasse Frau. So langsam verstehe ich die ganze Aktion mit dem –« Er schaut auf die DVD-Box in seinen Händen. Ich schnaube nur, denn mir ist nicht wirklich nach Smalltalk.

»Sehe ich das richtig, *Emil*, ich hab die ganze Zeit nur mit dir gechattet? Mit sonst keinem?«

»Richtig. Nur mit mir.«

»Und ... Warum das Ganze? Ich meine, ist das so 'n Hobby von dir? Leute im Internet trollen?«

»Es war total bekloppt: Mein Vater hat meine Sextoys entdeckt, und, na ja, daraus entstand die dumme Idee, sie auf Kleinanzeigen zu stellen. Um zu sehen, wer sich auf so was meldet. Ich hab doch nicht damit gerechnet, dass ich an dich gerate und ... Oh Mann, es tut mir so unglaublich leid, Damian. Ich hätte viel früher ehrlich mit dir sein sollen.«

»Das heißt, die waren wirklich secondhand?«

»Was? Ja, aber der Plan war ja auch gar nicht –«

»Wie weit wärst du denn gegangen, wäre Buffy nicht reingegrätscht? Ich meine, hätte ich irgendwann eines deiner alten, benutzten Teile in der Post gehabt? Eklig, Mann.«

»Nein, ich – eh!« Emil schnappt nach Luft und scheint sich zunehmend unwohl in seinem Körper zu fühlen, was mich wiederum belustigt. Doch dann drückt er mir den schwarzgoldenen Karton in die Hand, und ich merke sofort, der ist nicht leer. Im Gegenteil, das Ding ist schwerer, als es sein sollte.

»*So weit* wäre ich gegangen. Ich habe nicht nur diese blöde Box ein zweites Mal besorgt, sondern auch den besprochenen Inhalt und mich penibel an deine Versandanweisungen gehalten, nur um die Zeit mit dir so lange wie möglich auszukosten.«

Ich öffne den Deckel und erspähe in der Box eine weitere, schmalere, aber genauso lange. Auf der Verpackung räkelt sich obszön ein nackter, breitschultriger Typ, der sein Gemächt fest umklammert.

»The Fuck«, presse ich aufgebracht heraus, »Emil, du hast gesagt, da ist kein Dildo drin!«

»Na ja, streng genommen ist es ein Vibrator.«

»Alter!«

»Was? Er hat halt auch 'ne Vibrationsfunktion. Mecker nicht, bevor du's nicht ausprobiert hast!«

Fassungslos schaue ich ihn an und verliere die Kontrolle über meine Züge. Ein ungläubiges Lächeln macht sich auf meinem Gesicht breit.

Dieser Typ, ey.

»Der gewünschte Artikel wurde übergeben, der Kauf ist damit abgewickelt.«

Egal, wie absurd die Situation ist, sie überspielt nicht die Bitterkeit dieses Moments.

»Bleibt nur noch eine Sache unerledigt.« Plötzlich beginnt er, wie blöd zu winken und rumzuspringen. Wem das gilt, kann ich nicht sehen, denn der Efeu auf der Veranda blockiert mir die Sicht. Ich höre nur eine Autotür knallen, und dann erkenne ich ein Mädchen. Sie trägt einen kleinen, orangen Koffer.

Ist das ... ein Verbandskasten?

»Was denn?«, ruft sie Emil zu, »hat er dir nun aufs Maul gehauen oder nicht?«

Meint die mich?

Emil lacht verlegen. »Das ist Buffy. Sie hat mich gefahren.«

Buffy. Ich hatte 'ne hinterlistige Ratte erwartet. Oder 'ne Kröte. Eine, der man ansieht, keine Freunde zu haben. Aber den Anschein macht sie überhaupt nicht in ihren High Heels. Na ja, vielleicht nicht die beste Schuhwahl, denke ich, während sie quer über den Rasen zu meiner Haustür gestelzt kommt. Ihre Jeansshorts kurz, die Klamotten: Marke. Große Brüste, volle, violette Lippen. Strähnen ihrer schwarzen Lockenmähne wehen ihr immer wieder ins Gesicht. Sie wäre zu hundert Prozent Lucas Typ.

»Wolltest du nicht auch noch was loswerden?« Emil schaut sie fordernd an, als er in meine Richtung nickt.

»Ja, tut mir leid wegen der Mail.«

Ich gucke nur skeptisch, dann sprudelt es aus ihr: »Auch wenn es im Kern ja trotzdem die Wahrheit war.«

»Buffy!«, blafft Emil.

»Was? Stimmt doch. Jetzt sind wenigstens alle Fakten auf dem Tisch, man muss es ja auch mal positiv sehen.«

Emil wirkt, als würde er mit jeder Faser seines Körpers bereuen, sie hergebracht zu haben. Das merkt sie wohl auch, denn sie schiebt noch hinterher: »Aber ausgelacht haben wir dich nicht, das war gelogen. Emil hätte mir nie eure Chats gezeigt.« Dann nimmt ihre Stimme einen leiernden Ton an: »Er war viel zu beschäftigt, immer und immer wieder von dir zu schwärmen und notgeil über deinen Fotos zu sabbern.«

Emil stößt sie bestimmt zur Seite, so dass sie ins Taumeln gerät und den orangen Koffer fallen lässt.

»Interessant.« Mit einem lockeren Grinsen wende ich mich an Emil. »Und du hast echt gedacht, ich hau dir aufs Maul, wenn du hier auftauchst? Autsch. Dabei hab ich dir doch gesagt, du bist vorm Berserker-Mode sicher.«

Buffy cringt.

»Ja, solange du mich magst«, verteidigt sich Emil. »Außerdem war das vor deiner Rage-Mail.«

»Welche Mail?«

»Na die, die du mir geschrieben hast, nachdem du mein Kleinanzeigenkonto hast sperren lassen und mir gedroht hast, mich anzuzeigen und die Scheiße aus mir rauszuprügeln. ›Hochverachtungsvoll, Damian‹. Die Mail.«

»Was? Das hab ich nie geschrieben. Und die Nachricht kam wirklich von meiner Adresse?« Ich halte kurz inne. *Hochverachtungsvoll, Damian?* Ich kenne nur eine Person, der ich eine so überzogene Peinlichkeit zutrauen würde. Ich gehe zwei Schritte zurück, öffne die Tür und lehne mich hinein. »VIVI! SIEH ZU, DASS DU DEINEN ARSCH HIER RUNTERBEWEGST!«

Ich höre, wie sie leichte, schnelle Schritte die Wendeltreppe hinabtragen, bis meine kleine Schwester im Türrahmen erscheint. Das iPad in der einen und den Apple Pen in der anderen Hand. Unschuldig schaut sie mich an.

»Was gibt's?« Ihr Blick fällt auf das Paket in meiner Hand, wandert zu Buffy und dann schließlich zu Emil, und mit einem Schlag verfinstert sich ihre Miene. »Du!!!« Als sie auf ihn zustürmen will, halte ich sie mit festem Griff an ihrer Schulter zurück, und auch Buffy baut sich schützend vor ihrem irritierten Freund auf. »Ich hab dir doch gesagt, du sollst dich von meinem Bruder fernhalten, du Flachwichser«, keift Vivi.

Doch statt Emil bellt Buffy zurück: »Wie hast du ihn gerade genannt, Bitch?«

Viel Lärm um nichts, wenn man sich vor Augen führt, dass die Bedrohung hier eine klein gewachsene Dreizehnjährige mit einem Stift ist.

»Vivi, wie bist du an mein Mail-Konto gekommen?« Doch während ich rede, kann ich mir die Antwort eigentlich schon denken. Sie klammert das iPad fest an sich.

»Na ja …«

»Du hast es doch seit unserem Zoff nicht mehr benutzt?!«

»Ich hab seit unserem Zoff nicht mehr *gefragt*, ob ich's benutzen darf. Und da du noch in deinem Konto eingeloggt warst …«

Ich kann's echt nicht glauben. Da mischt sich dieses kleine Biest schon wieder in meine Angelegenheiten ein. In ihrer Unachtsamkeit schnappe ich mir den Apple Pen aus ihrer Hand.

»Hey, gib den zurück!«

»Vergiss es. Ich hab dir das *iPad* geschenkt. Nicht den Stift.«

»Toll! Ohne den brauch ich das olle Ding auch nicht. Wie soll ich so mein Bild fertig zeichnen?! Mit dem Finger?« Sie hält mir eine zugegebenermaßen ziemlich gute Skizze von Inosuke aus *Demon Slayer* vor die Nase.

»Kann ich mal sehen?«, drängelt sich Buffy unerwartet dazwischen, und erst jetzt wird mir bewusst, dass Emil diesen Geschwisterzoff die ganze Zeit beobachtet hat.

Peinlich berührt forme ich das Wort »Sorry« mit den Lippen, aber seinem amüsierten Grinsen zufolge, scheint er die Show zu genießen.

»Girl, das sieht richtig gut aus. Besonders die Muskelpartie hier.«

»Man muss echte Männer studieren. Das ist das Geheimnis.«

»Sag mal, kennst du AU-Worlds?«

»Nein, was ist das?«

»Da kann man auch Fanarts hochladen. Warte, guck!«

Ich gehe langsam auf Emil zu, und Buffys und Vivis Stimmen werden immer leiser und leiser. Als ich direkt vor ihm stehe, hebe ich das Päckchen in meinen Händen.

»Danke für die Lieferung.«

»Kein Problem. Das ist Teil des Serviceversprechens.«

»Seit wann das denn?«

»Hey, absolute Zufriedenheitsgarantie für Kunden, die wir halten wollen.« Wir sehen uns tief in die Augen.

»Wenn ich das richtig sehe, bin ich dein einziger Kunde, oder? So ganz ohne Kleinanzeigenkonto?«

»Du, damit kann ich gut und gerne leben. Umso wichtiger, *dich* zufriedenzustellen«, lacht er, doch verstummt, als er realisiert, was er da gerade gesagt hat.

Ich lehne mich vor, er riecht nach Honig und Wald, und flüstere in sein Ohr: »Weißt du, was da gerade noch gefehlt hat?«

»Was? Anstand?«

»Nein. Ein Frosch-Emoji.«

»Und was soll *das hier* jetzt werden?!«, höre ich plötzlich meine Mutter im perfekten Lehrerton krakeelen und weiche zurück. »Eine Vorgartenparty oder was? Wie proletenhaft. Und warum steht die Tür schon wieder sperrangelweit auf?«

»Mann, Mama!« Vivi, die nun neben Buffy auf der Veranda sitzt, rollt mit den Augen, aber meine Mum hat immer das letzte Wort.

»Rein oder raus!«

Ich greife nach Emils Hand.

»Wie sieht's aus, Enno? Kommst du noch mit rein?«

»Eh, klar. Gerne. Wenn das okay ist?« Er schaut an mir vorbei zu meiner Mum, und ich muss mich gar nicht umdrehen, um zu wissen, dass sich ihre gespitzten Lippen gerade vermutlich wieder streng zusammenrunzeln, wie immer, wenn sie mit sich hadert.

Doch bevor eine Antwort von ihr kommt, ertönt Buffys Stimme: »Ja, ja. Macht ruhig.« Meine Mutter atmet empört aus. »Ich chill hier draußen so lang mit ...«

»Vivi«, ergänzt meine kleine Schwester, als sie weiter die Website auf ihrem iPad studiert.

Bestimmt ziehe ich Emil hinter mir her, und auf Höhe der Mädchen drücke ich Vivi den Apple Pen wieder in die Hand, ohne dass sie auch nur aufschaut. Vorbei an meiner Mutter, die Wendeltreppe hinauf, hoch zu meinem Zimmer.

»Die Tür bleibt aber offen!«, höre ich sie von unten rufen.

»Nope«, erwidere ich bestimmt. »Die Regel gilt für Mädchenbesuch. Das hast du selbst gesagt.«

Ich schaue Emil tief in die Augen und lege meine Hände auf seine Hüfte. Er ist mir so nahe, dass ich seinen Atem auf meinen Lippen spüre, als die Tür hinter uns ins Schloss fällt.

Epilog: Damian

Das ganze »Kleinanzeigen-Dildo-Wer-bin-ich-Chaos« ist mittlerweile knapp vier Wochen her, und jetzt sind es nur noch anderthalb Monate bis zu den Sommerferien. Ich freue mich dieses Jahr viel mehr darauf als sonst. Ich will auf jeden Fall ganz viel rausgehen und richtig was erleben, auf andere Gedanken kommen. Vivi und Emma sind immer noch Freundinnen und sehen sich regelmäßig. Ich bin ehrlich, das fühlt sich manchmal komisch an, aber ich bin froh, dass es so ist. Vivi hat mir letztens erzählt, dass Emma wohl jemand Neuen trifft. Klang noch nicht so richtig nach was Spruchreifem, aber vielleicht entspannt das die Sache zwischen uns. Es wird langsam besser, glaube ich. Also, es ist immer noch awkward, wenn wir uns in der Schule sehen, aber wir haben gestern das erste Mal wieder ein bisschen miteinander geredet. Nichts Weltbewegendes, nur flüchtiger Smalltalk.

Und trotzdem war ich richtig erleichtert, als ich nachmittags zum Training gegangen bin. Zusammen mit Luca. Bei dem hatte ich mich noch mal persönlich dafür entschuldigt, was ich ihm an den Kopf geworfen habe, und dann erzählt, warum ich so komisch drauf war. Die ganze Story mit Emil. Ich hatte das Gefühl, das bin ich ihm schuldig, weil er schon damals nur versucht hat, mich zu unterstützen. Außerdem lag er mit dem, was er gesagt hat, auch nicht unbedingt falsch. Dass ich immer zumache, wenn es um meine Gefühle geht. Also ... ja, hab ich's ihm erzählt. Seitdem ist es beinahe wieder so wie früher. Vielleicht sogar besser.

Was 'ne Achterbahnfahrt, ey.

Mein Fazit zu der Kleinanzeigensache? Na ja, so richtig gut hat der Plan mit dem Dildo der Erleuchtung offensichtlich nicht funktioniert. Das wundert mich ehrlich gesagt. Bei so einer grandiosen Idee? Trotzdem bin ich bei der Frage nach meiner Sexualität ein ganzes Stück *weitergekommen*. Was mir dabei wirklich geholfen hat, ist vor allem die Zeit. Zeit und Mut, meine Gefühle zuzulassen und zu erforschen. Also praktisch genau das Gegenteil von dem, wie ich die letzten Monate an die Sache rangegangen bin. Und zu wissen, dass es Leute gibt, die mich nehmen, wie ich bin. Vivi wird mich immer bis aufs Blut verteidigen. Und Luca, der Grizzlybär? Der meinte sogar: »Wenn dir jemand blöd kommt, hau ich den.« Ein bisschen cringe, aber ich schätze die Geste.

Ich glaube, das Wichtigste von allem waren letztendlich die Gespräche mit Emil, der es irgendwie geschafft hat, mein ehrlichstes Ich aus mir rauszulocken. Ein Junge, bei dem ich mich nicht verstecken muss und der mir seine Hilfe anbietet, wenn ich sie brauche. Ich hab mir vorgenommen, generell ein bisschen offener zu zeigen, was in mir vorgeht. Das sagt Emil doch immer. Vielleicht kann er mir dabei auch helfen.

BZZ BZZ, wenn man vom Teufel spricht.

Wollte eigentlich noch zum Training, aber es ist so heiß, dass ich lieber
Kannst du’s erkennen? Kamera halt immer noch Dreck

EMIL

Sexy 😏 Jedenfalls das, was ich erkennen kann 🧐 Was machst du da? :D

DAMIAN

Was Unanständiges, weil ich allein und gelangweilt af bin 😛

EMIL

Auf der Veranda?! Vor allen Leuten? OHNE MICH? 🤯💀

DAMIAN

Klar, ich hab den Fluch meiner Mutter gebrochen, jetzt verstecke ich GAR NICHTS mehr haha

EMIL

Falls irgendwann ein alter VW Polo im Schneckentempo vorbeifährt und auf dem Beifahrersitz ein Typ mit schwarzem Hoodie, Sonnenbrille und Fernglas sitzt: Don't mind. He's just watching 🐸

DAMIAN

Hahaha, alles klar, dann weiß ich Bescheid

Hast du außer der Spanneraktion noch was anderes vor in den Sommerferien? 😶

EMIL

Hä? Damit warte ich doch nicht bis zu den Sommerferien. Du kannst dir *nie* sicher sein 👹

Nee, jk. Nach der letzten Rückfahrt steig ich nie wieder in Buffys Auto, haha

DAMIAN

Oha, so schlimm? 😅 Die Alte soll aufpassen, ich brauch dich noch!

EMIL

🤕

Aber nee, für die Sommerferien steht noch nichts an. Wieso? 👉👈

DAMIAN

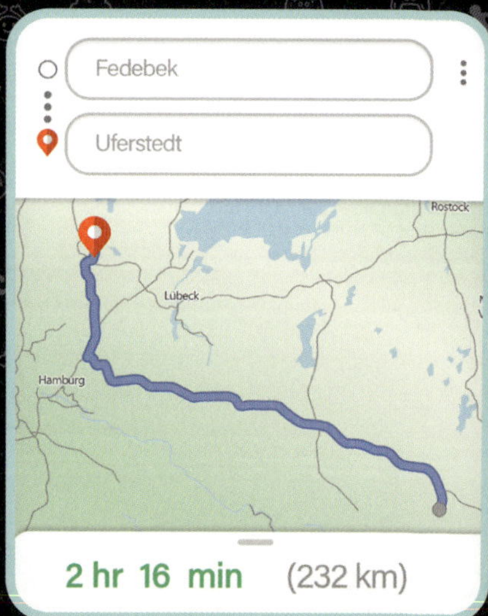

Soll ich dich besuchen kommen? 🤭
EMIL
😳
DAMIAN
Wow
EMIL
Spaß!! Ich meine: 🤮
JOKE!! For real: YESSSS!!! 😍😍😍

Nachwort: darkviktory

Das war der wildeste April meines Lebens, ohne dass ich ihn am eigenen Leib miterlebt habe. In nur einem Monat lernen Emil und Damian sich kennen und vertrauen einander – verlieren etwas, doch gewinnen dadurch auch die Chance auf etwas Ehrliches ... Etwas Echtes.

Die Entscheidung, die Geschichte im April spielen zu lassen, kommt nicht von ungefähr. Ein altes Sprichwort sagt: April, April, der macht, was er will. Und es stimmt! An einem Tag wärmster Sonnenschein, am nächsten Gewitterwolken, Regen und absolutes Hundewetter, dass es einen schüttelt vor Kälte. So fühlt sich auch der Kampf an, sich selbst zu finden und zu entdecken, wer man wirklich tief im Inneren ist. Und manchmal fühlt sich Verliebtsein ganz genauso an. Damian und Emil wissen das, auch wenn ihre Geschichte keine klassische Lovestory ist. Ihre Reise beginnt – wie jeder April – mit einem dummen Witz und endet trotz einem ständigen Auf und Ab letztendlich mit Aussicht auf sonnigere Tage.

Kostas und mir war es wichtig, eine Geschichte zu erzählen, in der es um zwei komplexe Leben geht, um zwei individuelle Reisen, die sich ähneln, aber mit ihren ganz eigenen Herausforderungen daherkommen. Es geht nicht darum, seine »bessere Hälfte« zu finden, um endlich vollständig zu sein. Zu glauben, dass wir nur die eine richtige Person finden müssen, und schon sind all unsere Probleme gelöst, ist eine Lüge, die wir in unserer Gesellschaft viel zu früh unreflektiert annehmen. Dabei vereinfacht diese Idee die Komplexität und individuellen Bedürfnisse von uns Menschen. Jeder von uns kämpft mit seinen eigenen Dämonen und muss selbst aktiv werden, um diese zu besiegen. Wir können die Verantwortung für unser persönliches Glück nicht an andere abgeben und warten, dass jemand anderes eine Komplettlösung präsentiert.

Und trotzdem glaube ich daran, dass zwei Menschen, wenn sie zur richtigen Zeit in ihrem Leben zusammentreffen, sich bewusst oder unbewusst in ihren Kämpfen so unterstützen können, dass daraus eine starke und innige Verbundenheit entsteht, die ist wie keine andere.

Emil und Damian befinden sich auf ihrer persönlichen Reise in komplett unterschiedlichen Stadien: Enno ist schon lang geoutet, er hat seine erste schwule Undercover-Beziehung hinter sich und ist weit erfahrener als Damian, der noch ganz am Anfang seiner sexuellen Selbstfindung steht. Und trotzdem sind beide genau das, was der jeweils andere gerade braucht, um aus der eigenen festgefahrenen Situation auszubrechen, Mut zu fassen und neue Perspektiven zu erschließen.

Damians und Emils Geschichte hat so harmlos angefangen. Spaß. Sie hat super versaut angefangen. Das Kennenlernen basiert auf der seltsamsten und zeitgleich lustigsten Situation, die Kostas und ich uns ausdenken konnten, denn ganz am Anfang habe ich ihn gefragt: »Was wäre die absurdeste Situation für zwei Typen, Kontakt aufzubauen?« Und jeder von uns hat eine Liste von zehn Dingen aufgeschrieben, die wir abgeglichen haben. *Sextoys über Kleinanzeigen (ver)kaufen* klang so weird, dass wir wussten: That's it!

Das Thema ist so laut, forsch und out there, dass es im krassen Kontrast zu den inneren Struggles steht, durch die wir als queere Jugendliche gehen mussten: zu merken, dass ich Jungs heißer fand als Mädchen, mich immer in meine besten Freunde verliebt hab (was mir jedes Mal früher oder später um die Ohren geflogen ist), mich gefragt hab, wie sich Sex mit 'nem Kerl anfühlt und wie ich's anstellen soll, dass es passiert – denn normales Dating für Schwule gab's bei mir in der Heimat nicht –, dass ich Angst hatte, aufzufliegen oder entdeckt zu werden, Angst vor Ausgrenzung, Angst vor Gewalt, Angst vor HIV. All das hielt ich lange für Dinge, durch die ich allein durch muss.

Aber Damians und Emils Geschichten nebeneinander zu erzählen hat mir selbst unglaublich geholfen, denn es hat mir eines vor Augen geführt: Obwohl all unsere Geschichten so individuell und grundlegend verschieden sind, gibt es diesen gemeinsamen Kern aus ähnlichen Erfahrungen und Parallelen in unseren Leben, der uns alle auf eine gewisse Weise verbindet. Das ist doch irgendwie beruhigend.

Darüber zu reden, zu lesen und zu schreiben, wie wir uns fühlen, zeigt uns eines ganz deutlich: Wir sind nie so allein, wie wir uns fühlen. Und das zu erkennen ist ein erster Schlag gegen die Dämonen in uns, den wir allein tätigen können.

Ich hoffe, Emils und Damians Geschichte hat dir gefallen.

Und jetzt zu Kostas! 🐸

Nachwort: Kostas Kind

Oh mein Gooott, ich kann nicht glauben, dass ich gerade das Nachwort zu unserem Buch schreibe! 😍 Vor allem, weil es das erste Mal für mich ist! Das fühlt sich schon ein bisschen surreal an. Ich hab mir immer gewünscht, ein eigenes Werk zu schreiben, denn ich liebe Sprache so sehr, und eigene Charaktere zu haben, die ich so gut kenne, als seien sie echt. Als gäbe es sie wirklich. Und das ist jetzt passiert. Dass sie darüber hinaus als Buch beim *Fischer Kinder- und Jugendbuch Verlag* veröffentlicht werden, macht das Ganze noch aufregender, weil sie dadurch nicht nur in unseren Köpfen, sondern als Teil der Welt da draußen existieren. (Und ich bin so gespannt, wie sie euch gefallen. 🤗) Danke, danke, danke dafür.

Die Idee zum Co-Writing ergab sich durch ein Gespräch mit der amerikanischen Autorin Sarina Bowen, die schon mehrere Bücher zusammen mit ihrer Kollegin Elle Kennedy veröffentlicht hat. Sie kam aufgrund eines Fanarts auf mich zu, das ich zu zwei ihrer Charaktere (Jamie und Wes) gezeichnet hatte, und meinte: »If you ever get the chance to co-write, you guys should try it out. It's fun!«

Und es hat echt total Spaß gemacht! Während unserer Schreib-Trips (an die Ostsee) haben wir uns zum Beispiel immer nach »Feierabend« gegenseitig die Kapitel vorgelesen, an denen wir gearbeitet haben, und uns im Detail damit auseinandergesetzt. Das Feedback stärkt die Motivation und hilft dabei, den Inhalt zu prüfen. Außerdem ist es einfach cool, ganz viel über die Story zu quatschen, wenn man gerade voll im Tunnel ist.

Da ich das erste Mal in so einem Umfang geschrieben habe, war die Zusammenarbeit mit Mik superhilfreich für mich, denn ich konnte viel darüber lernen, wie man sauber dramaturgische Bögen erstellt und den Plot so gut vorbereitet, dass im Co-Writing am Ende alles aufgeht. (Was bei so einem Projekt wirklich kritisch wichtig ist, glaubt mir, Leute!!!)

Ganz am Anfang sollte es tatsächlich nur eine lockere Kurzgeschichte werden, durch die wir testen wollten, ob eine Zusammenarbeit in dem Ausmaß mit uns überhaupt klappen würde. Oder ob wir zu dickköpfig sind und uns gegenseitig an die Gurgel springen, weil jeder seine Vision durchboxen will. But nope, it worked. Mehr als gut sogar. Und schon während der Konzeptionsphase wurde uns klar, dass Emils und Damians Geschichte zu komplex für ein so kleines Format wurde. Und ich bin richtig happy mit dem Ergebnis.

Klar, die Idee vom Dildo-Inserat klingt erst mal absurd, aber dass Damian sich diesen umständlichen Plan ausdenkt, um herauszufinden, wer er ist und was er gut findet, trifft für mich ein Gefühl, das ich selbst noch von damals kenne. Wenn man anfängt, sich mit seiner eigenen Sexualität auseinanderzusetzen, das alles aber weder greifen noch einordnen kann und keine Ahnung hat, wie das Umfeld reagieren wird, macht man manchmal komische Dinge.

Obwohl sich Damian als open-minded und open-hearted bezeichnen würde, kann die Situation eine andere werden, wenn du auf einmal selbst drinsteckst. Leider leben wir auch heute noch in einer Gesellschaft, in der es nicht immer leicht ist, zu sich zu stehen. Die Stimmen von außen können ziemlich einschüchternd sein.

Und auf der anderen Seite sitzt Emil, der sich schon superfrüh sicher war. Ich mag, dass wir in unserer Geschichte zwei unterschiedliche Perspektiven darstellen konnten, denn für die Reise zu sich selbst gibt es weder einen festgelegten Weg noch ein vorgeschriebenes Tempo. Bei der einen Person geht es schneller, bei der anderen dauert's länger, und die nächste wird sich vielleicht nie mit einer »Schublade« anfreunden können. Aber das ist okay. Und wie Emil sagt: »Man kommt halt nicht fertig auf die Welt.«

Ich hoffe, ihr hattet neben den Protagonisten auch Spaß mit unseren Nebenfiguren. Als wir die entwickelt haben, waren wir uns sofort einig, dass vor allem Emma, Luca, Buffy und Kevin keine zweitrangige Ausarbeitung bekommen dürfen. Emma ist mir total ans Herz gewachsen, sie ist lustig, liebenswert, und es hat mir große Freude bereitet, die Szenen mit ihr und Damian zu schreiben. Ich wollte, dass die Verbindung zwischen den beiden eine echte ist. Ja, Damian belügt sie, aber sie bedeutet ihm so viel. Und sie liebt ihn, muss aber schlussendlich eine Grenze ziehen. Genau das macht die Trennung so schmerzhaft, weil sie sich auch als Freund*innen verlieren. Damian kann nichts für seine Gefühle, und Emma verdient die Wahrheit. Ein Dilemma, das sich nicht lösen lässt. Aber das ist okay, denn auch das gehört zum Leben.

Ich könnte noch ewig weiterbrabbeln, aber ich glaube, es wird Zeit für einen Abschluss: Ich hoffe, du hattest Freude an unserer Geschichte. Wenn du dich in irgendeiner Form darin wiederfindest, etwas aus ihr ziehen konntest oder sie dir einfach eine gute Zeit bereitet hat, macht mich das sehr happy. :)

(Falls nicht, auch okay, aber fingers crossed, dass es nicht so war, haha.)

Danke, dass du unser Buch gelesen hast.

Für Mama.

Nichts kann deine Wärme und Liebe beschreiben, die mir nun so fehlt. Und doch spüre ich dich stets bei mir – in allem, was ich tu und bin.

~ Mik

BONUS

STECKBRIEF

Name: Damian

Alter: 17

Geburtstag: 17.11.

Sternzeichen: Skorpion

Haarfarbe: schwarz

Augenfarbe: dunkelbraun

Größe: 1,81 m

Steht auf:

- Energydrinks
- Animes
- nachts wach sein
- Dinge draußen unternehmen

Mag nicht:

- Leute, die viel Drama machen
- ausgefragt werden
- im Zentrum der Aufmerksamkeit stehen zu müssen

Über sich:

Er mag an sich, dass ihm nicht wichtig ist, wie beliebt oder ›cool‹ jemand ist. Er macht sich seinen eigenen Eindruck.

Ihn stört, dass er oft so unentschlossen ist und es ihm schwer fällt, Entscheidungen zu treffen.

STECKBRIEF

Name: Emil

Alter: 17

Geburtstag: 03.12.

Sternzeichen: Schütze

Haarfarbe: goldblond

Augenfarbe: blau

Größe: 1,74 m

Steht auf:

- Fußball & Leichtathletik
- AU-Worlds mit Buffy
- Sextoys
- Pranks planen & durchziehen

Mag nicht:

- wenn seine Eltern ungefragt in sein Zimmer stürmen
- Kevins Ego

Über sich:

Er mag an sich, dass er für sich einsteht und sich nicht alles gefallen lässt. (& seine Haare!)

Ihn stört, dass er nicht gut über seine Gefühle sprechen kann.

STECKBRIEF

Name: Vivi

Alter: 13

Geburtstag: 15.08.

Sternzeichen: Löwe

Haarfarbe: schwarz

Augenfarbe: dunkelblau

Größe: 1,51 m

Name: Emma

Alter: 17

Geburtstag: 15.03.

Sternzeichen: Fische

Haarfarbe: dunkelbraun

Augenfarbe: grün

Größe: 1,67 m

Name: Luca

Alter: 18

Geburtstag: 02.04.

Sternzeichen: Widder

Haarfarbe: dunkelbraun

Augenfarbe: grau

Größe: 1,88 m

STECKBRIEF

Name: Buffy

Alter: 19

Geburtstag: 12.06.

Sternzeichen: Zwillinge

Haarfarbe: schwarz

Augenfarbe: dunkelbraun

Größe: 1,70 m

Name: Kevin

Alter: 19

Geburtstag: 05.11.

Sternzeichen: Skorpion

Haarfarbe: braun

Augenfarbe: grün

Größe: 1,91 m

Damian ist so lieb zu jedem. Besonders zu mir, das mag ich sehr an ihm. Ich kann mit ihm über alles reden, aber er tut sich schwer, Dinge von sich aus zu erzählen.
~Emma

Emil ist ein Spinner, haha – aber ich hab das Gefühl, er checkt sofort, was in seinem Gegenüber abgeht, und findet immer die richtigen Worte.
~Damian

Damian ist echt witzig. Und hot. Ne, aber for real – ich mag, dass er sich so viele Gedanken um die Menschen in seinem Leben macht.
~Emil

Ich lieb ihn einfach. Emil kann keiner das Wasser reichen.
~Buffy

SKETCHBOOK
Emils Erstentwurf, der so nur im internen Manuskript als Platzhalter zu sehen war.
Und hier die 1. Version von Damian!
Die Vorgängerversion von dem Foto, das Enno an Damian schickt. Sie wurde verworfen, weil Emil – gerade im Vergleich zur 1. Skizze – nicht frech genug aussieht.
Das mittlere Bild sollte das sein, das Damian in Kapitel 7 an Enno sendet. Allerdings ähnelte es dem Veranda-Foto vom Schluss zu sehr, weshalb es überarbeitet wurde.

SKETCHBOOK

Das sind die ersten Cover-Entwürfe für unser Buch. Den ersten nennen wir »Dick in a Box«. Zu spicy als Cover.

Das Biete-Suche-Cover war ziemlich lang im Gespräch, war uns dann aber doch zu nichtssagend. Ich mag es immer noch sehr.
~Mik

Das hier entspricht wohl am ehesten dem 0-8-15 Jugendbuch-Cover, weshalb wir uns dagegen entschieden haben.

Hier ist die Idee für das spätere Paperback-Cover entstanden. Obwohl die finale Version ziemlich anders aussieht, ist das Farbschema, das ich mir überlegt hab, geblieben.
~Kostas

Dieses Motiv sollte erste das Paperback-Cover werden, bevor wir uns doch für eine Draufsicht der Boys entschieden haben. Es sieht fast aus wie eine Fusion beider Versionen.